迷いながら生きていく

五木寛之

Itsuki Hiroyuki

PHP

まえがき

人生百年時代とは、いったいどのような世界なのか――。

この一年余り、そのことを考え続けてきました。どんな問題が起こり、世界はどう変化していくのだろう。五十歳が終着駅だった時代とはまるで違う「新しい世界」を、私たちはいかに生きていくのか。

そして、そんな変化が大きな潮流となりつつあるこの時に、改元がなされました。まるで歴史が意志をもって息を揃えたかのように、時代も変化していきます。平成から令和へと変わった今年は、名実ともに、「新しい世界」の幕が明けた年だと言っていいでしょう。

一方、自分自身をかえりみてみます。どこか変わったでしょうか。

「苦」の世界に生まれ、日々を懸命に生きている。そうした小さく健気《けなげ》な存在である自分に、何ら変わりはないように思います。

そもそも、社会の情勢は変化するものです。私たちは、その中で翻弄《ほんろう》されつつ、懸命に生きる存在です。必死で生きている日々の暮らしにおいては、根本的に何かが変わるということはないのではないか。「百年生きる可能性が高まった」、この一点が、変化のポイントだということなのかもしれません。

もちろん、決して小さな変化ではありません。人類史上初めての体験をもたらす、決定的な変化です。

私自身、そんな「新しい世界」で起こりつつある問題を、「健康」「経済」「孤独」の「3K」としてとらえ、考え続けてきました。これは非常にシビアな問題をはらんでいることは、言うまでもありません。しかし同時に、忘れてはならない大切なことがあると、改めて感じ始めています。

それは、「こころ」の問題です。人は、自分が少しでも幸せであるべく生きている。幸せとは、その人の「こころ」の中にあります。つまり、「こころ」こそ、今を生きるうえで最も大切なんだという、あまりにも当たり前なことに、立ち返るのです。

そして、幸せであるために重要なことは、社会がどんなふうに変化しようとも対応できるしなやかな「こころ」を持つことではないでしょうか。人として生きる力、それを「人間力」と言ってもいいかもしれません。

そのためにはどうしたらいいか、できることは何か。そんなことを考えながら、最善と思う方法を工夫して、今日一日を生きていくほかない。自分の人生は一つしかない。今この一瞬も、もう二度とない。人生が百年だろうと、五十年だろうと同じこと、「生きる」ことの本質は変わらないのだから……。そんなことを思いつつ、私は今日も迷いながら生きています。私も皆さんと同じ。すべてが初めてのことで、わからないことだらけなのです。

しかし、その迷いの中に浮かび上がる細い道を、かすかに感じています。そしてその道を、力まかせにねじ伏せるのではなく、小さな砂粒を踏みしめるようにゆっくりと、小さな歩幅で歩み出していくしかないように感じるのです。
　この一冊では、「今」、そして「新しい世界」を思いながら、私の体験を語ってみることにしました。いつもそうですが、はっきりと「こうだ」と言い切ることはできません。しかし、私の小さな経験や考え方が、何かの参考になることを願っています。

五木寛之

迷いながら生きていく

目次

第1章

新しい世界を迷いながらゆく

第2章

「今」を生きるために

第3章

孤独と幸せの両立

第4章

変わりゆく自分を楽しむ

第5章

日々を少しだけ楽に生きる

第1章

新しい世界を迷いながらゆく

見知らぬ地を旅するように

この本を手に取ってくださったあなたは、いま何歳ぐらいでしょうか。もし二十代、三十代だとしたら、「人生が百年続く」と聞いても、さほど驚かないのかもしれません。しかし、四十代から上であったなら、「大変な時代になった」と思う人が多いのではないかと思います。

四十代以上の人であれば、自分の祖父母が八十歳を超えると長寿だと言って、盛大に祝った記憶があることでしょう。当時は八十歳でも珍しく、「百歳」というと、ニュースになるような貴重な存在でした。しかし今の二十代、三十代の皆さんにとっては、「八十歳を超えた祖父母」はざらで、「百歳」も珍しいと思わないのではないでしょうか。

それほど、日本人の平均寿命は変化し続けています。戦後から約七十年で、三十歳以上も平均寿命が延びているのです。

私は十数年前から、「未知の世界がやってくる」と書いたり、言ったりし続けてきましたが、ついにその領域に、私たちは足を踏み入れました。この新しい世界を目の前にして、呆然《ぼうぜん》として途方に暮れている――それが今の私たちの姿だと言っていいでしょう。

ほとんどの人が、希望よりも不安を多く感じていると思います。私自身、どうしても不安な側面にばかり目がいってしまう。経済的に成り立つのか、介護の問題は……。もちろん、そのすべてが見すごすことのできない重要な問題です。しかし、その側面ばかり考えて、悲観し続けているのも、またいかがなものだろう、と思います。悲観し続けるよりも、今この時を生きていくことを、そろそろ考えたほうがいい。地図もない、羅針盤《らしんばん》もない、人類がまったく足を踏み入れたことのない世界をいかに生きていくか――。

そう考えていると、若い頃、知らない国を旅することが刺激的で楽しかったことをふと思い出しました。言葉も習慣も、マナーも違う。わからないことだらけでしたが、未知の領域に足を踏み込むスリルがたまらなく楽しかった。

人生も旅のようなものです。私たちが歩んでいるこの未知の世界も、旅の中に立ち現れた風景なのだと考えたら、気持ちの中で少し上昇するものがあります。

私は今年で八十七歳になりました。人生百年時代を予測していたとはいえ、自分自身の超高齢期という日常はまさに未知の領域です。正直言って戸惑いも不安もあります。しかし、変わりゆく体も、変化し続ける世界も、「旅をするように」観察して楽しんだり、快適であるように工夫してみよう、と考え始めています。

私が考える「旅」とは、ガイドがいるわけでもなく、地図も羅針盤もない、途中で死を迎えることもあるという、なかなか過酷な旅です。しかし、旅する時に感じるあのワクワクした気持ちや喜びがともに在《あ》るとするならば、それもまた悪くないと思えるのです。

未知の領域を、
旅するように生きてみる。

見知らぬ道を歩くように、
変わりゆく自分と世界を生きていく。

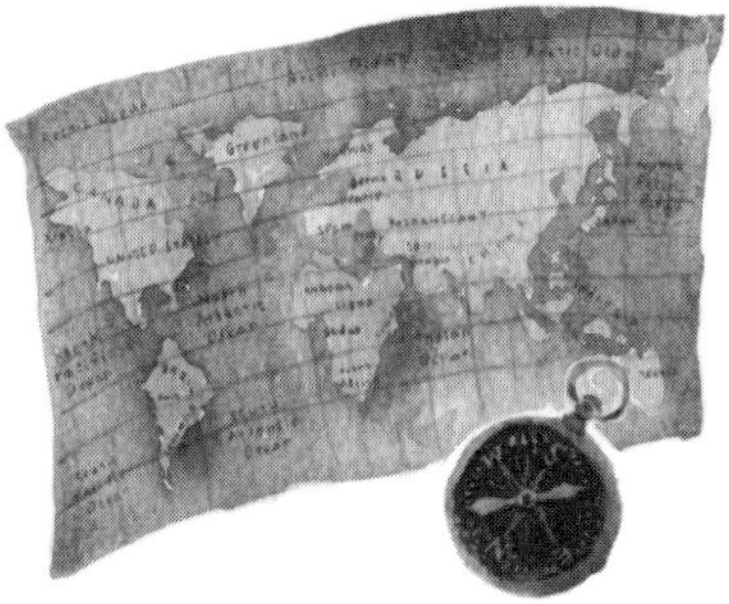

人生を四つの季節で考える

これまでは人生を、年齢や〝青年〟や〝老人〟といった社会通念にあてはめて考えてきました。しかし、何歳までが若者だとか、何歳だから高齢者と、一律に考えることが、すでにもう有効な区切り方ではなくなっていると感じます。私はそこで、自然が変化し成熟していくサイクルのように、ひとりの人間の一生を、四つの季節で考えてみるのはどうだろうと思うのです。

中国には、人の一生を自然の移り変わりになぞらえ、「青春」「朱夏《しゅか》」「白秋《はくしゅう》」「玄冬《げんとう》」と、季節で区分する考え方があります。

「青春」は若々しく、まさに人生の春に喩《たと》えられる季節のこと。「青年」という言葉も、この青春から生じています。「朱夏」は社会に出て働き、家庭を築き、社会に貢献する人生の活動期です。

そして「白秋」はシフトダウンし、社会における役割や生々しい生存競争の世界から一歩引いて、澄み切った秋空のように、静かで自由な境地に暮らす季節です。人生百年にあてはめると、五十代後半から七十代後半と考えていいでしょう。私はこの「白秋期」こそ、人生の収穫期《ハーベストタイム》、最大の黄金時代だと考えています。

そして続くのが「玄冬」です。七十代後半からの二十年間、この時期が老年期にあたるのかもしれません。

私自身、四つの季節をはっきりと意識していたわけではありませんが、振り返ってみると、人生の四季をそれぞれ夢中に、懸命に生きてきたと思います。そして、白秋期は、最大のハーベストタイムでした。

七十歳の時に、「五木寛之の百寺巡礼」という企画を始めました。三年がかりでどうにか巡り終えましたが、今考えても、よくもまあやり遂げたものだと思わずにはいられません。無謀と言えば無謀でしたが、あの時、自分はもう七十歳なのだから、などということは考えもしませんでした。

百寺を巡礼するという仕事は、自分がこれまで人生をかけて関わってきたことの一つの成果、結実だと考えました。だから、大いなる意志、目に見えない力——他力《たりき》に身を任せ、全力を尽くそう。この一日を、必死に生き抜こうと決め、一寺一寺と巡礼を重ねたのです。そうして、幸いにも完走することができました。まさに収穫の季節を、あの時は生きていたと思います。

もう七十歳だから、高齢者だから……。そんな価値観でせっかくのハーベストタイムを台無しにするのはもったいない。例えば、定年後をいかに生きるのかではなく、「白秋期」をいかに生きるかと考えてみると、「現役の後を生きる」といったニュアンスが一転し、新しい地図が目の前に広がっていくような気がしませんか。そこには大きな自由があるように思います。

白秋期は、人生の収穫の季節。

これまでに蓄えてきた自分の力を信じて、存分に楽しむ時期です。

自分を大切に〝地図のない明日〟をゆく

これだけ寿命が延びた世界では、「老年」とか「老人」「高齢者」といった言葉は馴染《なじ》まないのではないかと、つくづく思います。

「青春小説」などという言い方もあるように、昔は若い人が必ず読むべき本というものがあった。そういう本が、高齢者にも必要だと思うのですが、老年小説、あるいは老人小説、でしょうか。高齢者小説、シニア小説……。どうも違和感があります。何か良い言葉はないものでしょうか。

「老年」を辞書で引くと、「歳《とし》をとり心身の衰《おとろ》えが目立ってくる年頃。六十歳または七十歳以上、広くは五十歳以上をいう」とありました。五十代は中年ではないのかと驚きますが、確かに数十年前はそんな印象だったかもしれません。やはり、昔ながらの言葉や概念を、今そのまま使うのは難しい。もはや青年、中年、老年といった言葉自体、現実とずれが生じているのです。

私は、白秋期を人生の収穫期であると同時に、「地図のない明日への旅立ち」の季節だと考えています。朱夏期までは、これまでも人生の設計図があったと思います。しかし、白秋期以降の設計図を準備していた人はほとんどいなかったのではないか。人生五十年を念頭に置いていたら、白秋期以降は余白のようなもので、穏やかに暮らせたらいい、それくらいにしか考えていなかったのではないでしょうか。

「地図のない明日」と言うと、不安を覚える人も多いかもしれませんが、あまり不安に思わなくていいと思います。そもそも私たちは、明日があるという仮定の中で生きているにすぎません。この次の瞬間に人生が終わることだってありえます。若くても、病気になるかもしれない。交通事故で死んでしまうかもしれません。生きていくということは、どんな季節であれ、同じだけの可能性とリスクをはらんでいるわけです。

白秋期は、そんな人生の季節の中で最も自由で、自分本位に生きられる季節でしょう。ここで言う「自分本位」はエゴイズムとは違います。これまでの社会的束縛から自由になって、縁あってこの世に生まれ落ちたこの生命《いのち》を、何より大切にする。自分のことを後回しにしないで、自分らしく生きるということです。

そして、大切なのは変化を恐れず、むしろ面白がって生きていくことではないでしょうか。旅の途中に、次から次へと新しい景色が現れて消えていくのを眺《なが》めるように、日々の変化を楽しむといい。

「地図のない明日」は、不安だけでなく自由と可能性もある明日です。その可能性を楽しみながら、旅するように生きる。そのためには、自分の頭で考えて、選択していく必要があります。しんどい時もあると思いますが、自由とは本来、孤独でしんどいものです。しかし孤独であるということも、また人生の真理。むしろ、それを楽しんでもいいのではないか、と思います。

自由に、自分らしく生きる時。

「地図のない明日」とは
可能性に満ちた未来です。

人生百年時代は、デラシネの世紀

「新しい世界」を、少し違う側面から考えてみたいと思います。

人生百年とまではいかなくても、「寿命が飛躍的に延びている」ことは、日本だけの現象ではありません。人類全体の傾向と言っていいでしょう。そしてその傾向と同時に、もう一つの潮流として、世界中の人々が大きく移動するということがあると、私は感じています。

私は、若い頃から「ホモ・モーベンス」（動く人）であると自称してきました。一つの場所にずっといるというのは、どうも馴染まないのです。絶えず動く。そのほうがしっくりくる。それが私の気質だろうと思います。

先日もある編集者に、「五木さんには、いつも〝旅人〟というイメージがありますね」と言われました。確かに振り返ると相当に旅もしましたが、そもそも動き続ける日々でしたから、その日常を「旅」と呼んでもいいかもしれません。

このことは、私の生まれ育ちに、その源があるかもしれない。生後間もなく朝鮮半島へ渡って、学校教師であった親の仕事の関係で各地を転々とし、戦後、平壌《ピョンヤン》から引き揚げてきてからも、九州、東京、金沢、京都、横浜などを点々としました。だから、故郷はどこかと問われても、ここだという場所は特にないのです。特別な場所への帰属意識があまりない。私はそういう意味で、自分はホモ・モーベンスであり、朝鮮半島からの引き揚げ者、つまり「デラシネ」である、と思っています。

デラシネとは、辞書には「根無し草、故郷を持たない人」などと書かれていますが、私は、「難民」あるいは「移民」と言ったほうが合っている気がします。生まれ育った国土に深い思いを持ちながらも土地を奪われ、あるいは引き離され、他国に暮らす人々。シリアからの難民は、今ヨーロッパ中で問題になっていますが、世界中いたるところで同じような問題が顕在化《けんざいか》しています。

二十一世紀は「デラシネの世紀」だと私は考えてきました。この問題は一見平和に思える日本人にとっても、決して他人《ひと》ごとではありません。例えば、東日本大震災や熊本地震の被災者の皆さんも、一時的かもしれませんが、デラシネと言えるでしょう。そして残念ながら、災害や戦乱は、今後も起こりえるのです。

本書でも、「人生百年時代が到来し、これからも寿命が延びるだろう」と仮定してお話ししていますが、大きな災害や戦争が起これば、一気にその状況は変わってしまう。世界中で、これまでとは違う不穏な軋《きし》み音が響きだしているように感じているのは、私だけではないでしょう。今最も気にかかるのは、朝鮮半島や中国の動向です。大陸での有事の際は、数万人単位の難民が、山陰地方や九州などに押し寄せてくるかもしれない。あるいは、その動乱に、日本も関わってしまうかもしれない。

「新しい世界」は、そんな可能性も多分に含んでいます。超高齢化社会ならではの年金問題のような経済的なことや、単独死といった社会構造に付随するような問題にどうしても関心が向かいますが、日本だけでなく、人類全体を覆《おお》うように対流する〝世界の潮流〟も、また重要な問題です。

悲観し続けるのはいかがなものかと話しておきながら、また暗い話かと、皆さんには思われてしまうかもしれません。しかし、かなり高い確率でありうる未来なのです。そして同時に、これも「仮定にすぎない未来の話」でもある。

つまり未来とは不可測だということです。一寸先は誰もわからない。

旅をする時もそうでしょう。想像しうる限りの準備をしていったのに、現地ではまったく役に立たない、あるいは思いもよらぬアクシデントが起こってすべてが台無しになることなどは、よくあることです。準備が無駄と言っているのではありません。人事を尽くしても、その予想を大きく超えることはままあるということです。

そこで、どうしたらいいかと言えば、こころの力を少しでも強くしていくほかないと考えるのです。ここで言う「強さ」とは、筋肉隆々《りゅうりゅう》といった強さではありません。むしろ、しなやかな柳のような強さです。強風が吹いても大雪が降っても、大きくしなって折れない強さです。

どんなことが起こっても、変化しても、その状況を乗り越えるためには、やはりその人の「こころ」が大切になっていきます。生きる時間が短かろうと長かろうと、人として生きる幸せは、「今」を生きるあなた自身のこころの中にある。それは変わらない。そこを見失ってはいけないのではないか。

ただ、最期《さいご》までの時間が大幅に延長する確率が増大したという点において、これまでとは違う工夫や準備が必要だということは、間違いないと思うのです。つまり「生きる」ことを、自分自身でしっかり考えていかないと、間が持てないような、長く緩やかな猶予《ゆうよ》の時が与えられたとも言えるでしょう。

そのように長く延びていく時の中で「生きる」ということについて、改めて考えてみたいと思います。

必要なのは、しなって折れない強さ。

生きることの意味を、
「人として生きる」という側面から
もう一度考えていきましょう。

最も有効な手段は「変化する力」

この新しい世界を、長く続く時間を生き切るには、どうしたらいいのか――。

私は、幸せとは人それぞれで、その人の「こころ」にあると考えていますから、こうだということは言い切れないのですが、一つ有効な手段として思いつくのは、「変化する力」です。

私が理想とする「こころの強さ」とは、柳のようにしなやかな強さです。このしなやかさがどこから発するかと言えば、それは柔軟な感性からではないかと思います。ここで言う「柔軟な感性」とは、「変化する力」、あるいは「変化に対応できる能力」と言い換えたらいいでしょうか。

変化し続ける世界を前に、「自分はこうだ」と言い切ることは、潔《いさぎよ》いと言えばそうなのですが、しかし別の見方をすれば、変化を拒否しているとも言えます。

このような態度を、よく「ブレない」と言ったりします。これを美徳のように言う人がいますが、私は、人間とは変化し続け、揺《ゆ》れ動く生命体だと考えていますから、そもそもブレないなどありうるのかな？　と首をかしげます。

日々の体調によって、置かれた環境によっても、こころも体も変化し続けている。まるで振り子のように行ったり来たり――スイングするというのが、生きものとしては自然です。そうした観点からすると、「ブレない」ことは、その自然な動きを止めてしまっている。決めつけることによって、可能性を捨ててしまっているように思います。それは、「生の固定化」とも言えるのではないでしょうか。

これは、「変化していく世界に、自分を合わせていかなくてはいけない」という意味ではありません。「変化していく世界に対応できるしなやかさを持つことが、生きていくうえで有効な手段になる」と、私は思っているのです。

矛盾《むじゅん》した言い方かもしれませんが、どんな状況にあろうとも、大きな変化が起ころうとも、人の根源的な部分、大切な何かというのは変わらないと、私は思っています。ですから、周囲が変化していくことに、しなやかに対応していくことは、その人の根源的な個性を、なんら阻害しないのです。

右に左に揺れ動き、世界に生じた大きな変化によってテンポも変わる。そのように振り子のように揺れ動く中、その真ん中に一つの道が見えてきます。それこそが「あなたらしい道」。そんなふうに変化し、揺れ動くあなたを見て、「あなたらしくない」と非難する人もいるかもしれませんが、それは気にしなくていい。その道こそが、あなたにしかできない生の在りようなのですから。

自分が変わってしまうことを、恐れなくていい。柔軟に、しなやかに変化していくことが、この新しい世界を歩いていくために、最も必要な力なのではないかと思います。

ブレていい。
しなやかに生きよう。

新しい世界を生き抜くために、
最も必要なのは〝変化する力〟。

本当の情報とは、「情《こころ》」あるもの

これだけ情報に溢《あふ》れた社会にいると、何を正しいと思ったらいいのかわからなくなります。インターネットの普及によって、世界中に起こるあらゆる分野、あらゆるレベルの情報を、驚異的な速さで知ることができる。

しかし、大量の情報を得る機会が増えたと言っても、人間の能力はさして変わらないのですから、とても処理しきれません。流れて消えてしまう電光掲示板のように、ただ過ぎ去っていくもののほうが多いのではないかと思います。

情報をたくさん得られるようになったと錯覚していますが、結局、自分にとって本当に必要な情報は何かわからないままに、ただ情報の海に溺《おぼ》れているだけかもしれません。そう考えますと、私たちが今、情報と呼んでいるものは、本来の意味での「情報」ではないのではないかと思います。

情報の「情」とは、人間の感情や感覚のことを言います。万葉《まんよう》を代表する歌人、大伴家持《おおとものやかもち》の歌に、「うらうらに　照れる春日に　雲雀《ひばり》あがり　情悲しも　独りしおもへば」というのがありますが、この「情」は「こころ」と読みます。古来、「情」とは、日本人にとって〝こころ〟なのです。

日露戦争の頃の話ですが、情報将校を大陸に派遣して、情報収集をさせました。彼らが集めた情報の中には、上質とされる情報と、割りあい低く見られる情報とがあったそうです。敵の兵馬や大砲の数、補給線の様子などは、必要な情報ではあるけれども、それだけではあまりすぐれた情報とは考えられませんでした。むしろ敵の兵士たちの士気やその国の国民たちがどう思っているのか、そういう感情を分析して、きちんと把握して伝える情報を大事にしたそうです。

つまり、情報というのは、相手の心情を伝えていなければ、真の情報とは言い難《がた》い。数字や統計のような客観的データももちろん必要ですが、そこにあるこころを読み解《と》く目が入って初めて情報と呼べるのではないでしょうか。

私は、情報が溢れる社会になればなるほど、生の情報の価値が上がっていくと思います。ここで言う生の情報とは、物事に出合った人の感想や、ある人が考えたことそのものということです。そこには「情《こころ》」がある。

情報が多すぎてよくわからないという状況は、これからもさらに加速していくでしょう。わからないと逃げたくなりますが、この情報社会で情報を得ないということは、それはそれで危ない。ですから、逃げるのではなく、自分の判断基準を決めてみましょう。

いくつか定点を決めて観察してみるのもいいでしょう。そして観察して得た情報を、そのまま鵜呑《うの》みにするのではなく、自分なりに一瞬でいいから咀嚼《そしゃく》してみる。そこでやはり重要になるのは、「こころ」です。あなたのこころがどう感じるかを見逃《みのが》さないようにしましょう。

情報は、あなたのこころで吟味《ぎんみ》する。

真《ま》に受けすぎず、鵜呑みにせず。
こころで感じる時を持ちましょう。

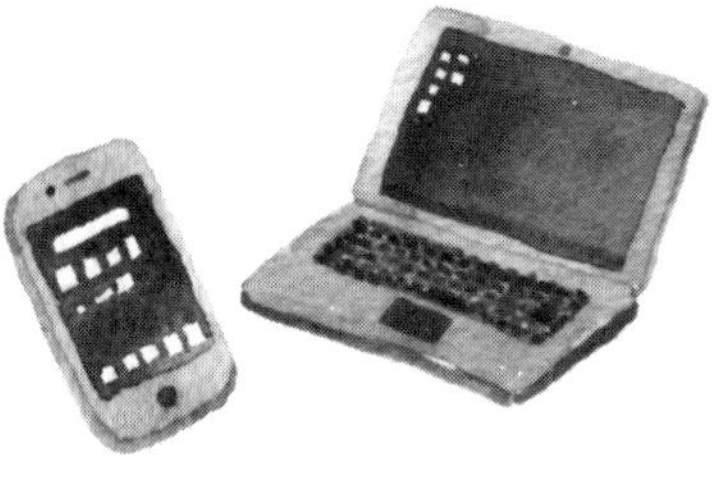

迷い、戸惑うことはとても大切なこと

私はこの歳になってもいまだに迷い、戸惑うことが多い。経験値で多少は楽になった面もありますが、これだけ世界が変化し続けてしまうと「マサカ」の連続で、悠長なことを言っていられません。

たまには、「昔はこうしたらうまくいったのだから、そのようにしたらいいよ」などと、だいぶ年下の編集者たちに、年長者らしい言葉を言ってみたいのですが、状況が刻一刻《こくいっこく》と変わっていることをひしひしと感じるので、偉そうなことは言えません。迷いながら一緒に考えようと、膝《ひざ》を突き合わせるしかないのです。

ただ、少し面白いと思うのは、私だけでなく、彼らにとってもわからないのが、今の世の中だということです。戦争を知る私と、戦後の平和な時代しか知らない彼らとでは、見てきた世界も違います。しかし、「今」この状況を前にしているという意味では、まったく同じなのです。そう思うと、運命をともにする仲間のような気がして、少し愉快な気持ちになってきます。

そんなことを考えていると、ふと、以前自分流に翻訳した『ロスト ターン』という本のことを思い出しました。『ロスト ターン』は、リトルターンという小さな鳥（アジサシ）が主人公の物語です。

このアジサシは、嵐に巻き込まれ、まったく知らない場所に飛ばされてしまいます。故郷を見失った鳥は、生きていくことさえ難しいのです。途方に暮れるアジサシは、ひとりの老人と出合います。その老人は、その嵐によって家族全員を失い、絶望を抱《かか》えて、たったひとりで大海原にこぎ出た漁師です。

アジサシと人間ですから、話ができるわけではありません。しかし、ただともに在り、星を見たりすることで、奇妙な友情を感じるようになります。そして、鳥も老人も少しずつ回復していく……というお話です。

アジサシは、故郷を見つけるべく飛び立ちますが、また老人の船へ戻ってきます。帰ってきたアジサシに、老人はこう言います。

「たぶん自分でもどこに行っていたのかわからんのだろうな。まあかまわんさ。あわてて何かをさがすことなんかないんだ。急いで答えを求めてもしょうがないしな。（中略）この世界に存在するものは、すべて、お前さんも、わしも、一瞬として同じままではないんだ。さあ、行くんだ。大事なものを見つけるには、ながい旅の時間が必要だからな」

アジサシは、再び勇気を奮《ふる》い立たせて、羽ばたいていきます。そしてアジサシは思うのです。広い海は一粒の水滴からなっている。小さな一粒が海であり、海は一滴の水でもある。地上にあるいのちは、宇宙全体のいのちでもあり、そして、宇宙全体のいのちは、この一つのいのちにも宿っている、と。

「どこにいようとも、そこが自分のホームなのだ。あの老人が教えてくれたように、迷っている自分も、仮の姿ではない。迷っているこの場所が、自分の現在の居場所なのかもしれない」

この本と出合った十五年前というのは、年金が将来もらえなくなるのではないかとか、国自体がいつ破綻《はたん》してもおかしくない状態にあるなどと言って、社会全体が、近いうちに大きな破局が待ちかまえているのではないかと人々が感じ始めた時でした。つまり、戦後築き上げてきた、共通の目標のようなものが失われてしまった、そんな閉塞感《へいそくかん》を抱《いだ》いている時だったのです。その時にこの物語に出合い、まさに時代の空気を表わしているような気がしていましたが、今もこの物語が語ろうとしているものは、有効であるように思います。

アジサシも老人も孤独です。家族もいない世界で、ひとり生きている。しかし、言葉もなく寄り添う中で、お互いがそこに在るということに救われていきます。

家族を失い故郷を失っても、太刀打《たちう》ちできない運命の残酷さを前に恐れおののいて絶望しつつも、受容して生き続けていく。そして生き続けるためには、人間も動物も超えて、ともに生きているいのち同士の共感が大きな支えになるという思想がそこにはあります。

言語でもって理解し合えることももちろん素晴らしいのですが、言語ではない部分で受容し合えることも、実に素晴らしいことではないでしょうか。

その人がなぜ苦しんでいるのか理由がわからなくても、苦しそうだな、悲しそうだなということはわかる。その時にできることは、ただ隣で一緒に泣くことかもしれません。そして戸惑い、迷いながら、時にぶつかりながらも、ともに生きる。『ロスト ターン』のアジサシのように、迷い、溜息《ためいき》をつきながらも、寄り添ういのちを感じながら生き続けていく。

「戸惑い」や「迷い」は、「意志」や「決断」といった言葉よりか弱く、頼りなく聞こえるかもしれない。しかし、違う存在同士がともに生きているのですから、戸惑いや迷いがあるのが、自然な状態ではないでしょうか。それこそが、生きるということではないかと思います。

違う存在が、寄り添い、生きていく。

戸惑い、迷いつつともに生きる。
それが自然で健全な在りようです。

「死」を起点に始まる新しい創造的世界

二十世紀は、「生」の時代だったと思います。私も『生きるヒント』をはじめ、「生きる」ことをテーマに多くの本を書いてきました。文芸の分野だけではありません。思想や芸術もその傾向の中にあったと思います。「生きる」ことを起点に、様々な創造がなされてきた世紀だと言っていいのではないでしょうか。

対して、これからの「新しい世界」はどうでしょう。私は「死」を見据えることから始まるのではないか、そんな気がしてならないのです。

昔の流行歌に『終着駅は始発駅』という曲がありましたが、このタイトルのように、終わりは始まりでもある。死は、出発点でもある。人とは「生まれて生きる存在」ですが、「必ず去っていく存在」でもあるわけです。これからの時代は、この「必ず去っていく存在」であるという点に、発想の起点を置いてみたらいいのではないか。人生について考えることも、思想や哲学、芸術もそう。死を起点に、新しい作品や活動が生まれていく、そこに創造の可能性を強く感じるのです。

これまでも、「死」をテーマにしたものは数多くあります。しかし、あくまでも「死」はネガティブなもの、暗いものとしてとらえられてきました。

西洋の絵画などを見ると、それがよくわかります。絵画の中で「DEATH（死）」は、大きな鎌を持った姿で登場しますが、まるで悪魔のような存在に見えます。

しかし、そうではなくて、「死」を一つのフィナーレのようにとらえてもいいのではないか。賑々《にぎにぎ》しく死を迎える必要もありませんが、生の始まりに誕生の喜びを讃《たた》える「歓喜の歌」があるように、この世の生を終えた人間の堂々たる帰還といったイメージで受け止める。そんな発想の転換があっていい。

現実は変わらなくても、こうした発想の転換ができると、感じていた息苦しさが、少しだけ払拭《ふっしょく》されるような気がします。

とはいえ、決して楽観的で安易な発想の転換ではありません。死は究極のリアリティです。その現実を肯定して、そこから始めるということは、大きな苦しみを受容して、抱え込むということでもあります。

しかし私は、苦しみは悪いものではないと考えます。そもそも、思想も芸術も文芸も、苦しみの周囲に生えてくるとげのようなもの。その美しいような醜いようなものを摑《つか》みあげて、一つの現象にするというような作業です。創造には、苦しみや陰翳《いんえい》といったものが不可欠なのですから。

人生百年時代というのは、「死を思う」時間が、おしなべて長くなった時代です。そんな時代だからこそ、そこから発せられる創造物も多くなるはずです。そう思うと、見たことのないような新しいものが誕生する予感を覚えて、少し楽しい気持ちになるのです。

新しい世界には、新しい表現が生まれる。

人生百年時代ならではの表現が誕生すると思うと、生きていくことが楽しくなります。

自分なりの「生きて死ぬ」物語を持つ

生きるうえで大切なのは、自分なりの「死生観《しせいかん》」――「生きて死ぬ」物語を持つことではないかと、つねづね考えてきました。私自身の死生観については、かつて『大河の一滴』という本に書いたことがあります。

「私」とは、一滴の水の粒のように小さな存在にすぎません。しかしその一滴は、大河を形づくる一滴でもあるのです。この一滴を含んだ大河は流れていき、大海となります。そして水蒸気となり、雲となり雨となって地上に降り注《そそ》ぎ、新たないのちとなる――そのようなイメージです。いのちは海から始まったと言いますが、やがて生命《いのち》の海に還《かえ》り、空に還り、そして地上に還る。私が想像する「生きて死ぬ」ことは、そんな循環の物語なのです。

私がこんな物語を空想するようになったのは、十三歳の頃の体験が関係しているかもしれません。中学一年生だった私は、平壌《ピョンヤン》で敗戦を迎えました。学校は閉鎖されてしまい、思いがけず自由で混沌《こんとん》とした日々を過ごしました。

そんなある日、大雨で増水した大同江《テドンガン》を、向こう岸まで泳いで渡ってみようと思い立ちました。無謀としか言いようがありませんが、当時の私は、無鉄砲な冒険にかけてみたいという衝動を抑えることができなかったのです。

黄色く渦巻《うずま》く川の流れに、私は飛び込みました。見た目以上の急流で、途端に下流まで流されそうになりましたが、どうにか岸に這《は》い上がりました。そして日が暮れるまで、その濁《にご》った川の流れを、呆然と眺めていました。すると、自分がその大きな流れに吸い込まれるような、そしてどこまでもともに流れていくような、異様な感覚を覚えたのです。

あの時、私が感じたのは恐怖だけではなかった。自分という存在が、目に見えない大きなリズムの中に溶け込み、無限に延長していくかのようで、奇妙ですが、決して嫌《いや》ではない感覚でした。思い返すと、「大いなるもの」「運命の力」といった大きな流れを自覚したのは、この時が初めてだったような気がします。その時の実感からか、大いなるものに還ることについて、不思議な安堵感《あんどかん》を覚えるのです。大いなるものに溶け込んで、「私」が消滅することには、恐怖感はありません。むしろ、母なるものに還っていくという仄《ほの》かな喜びがあります。

もちろんこの物語は、真理に近いのか遠いのかもわからない。私の空想にすぎません。しかし、「どう生きればいいんだろう」――道を見失い、立ち止まってしまう時、私はこの物語の最中《さなか》にいる自分へと思いを馳《は》せます。すると、少しだけ我に返る。そして、自分が見失って、わからなくなっているだけで、道は確かにあるのだということを思い出すのです。

誰しも立ち止まってしまう時はあります。そんな時に、自分なりの物語を持っていると、強い。新しい世界では、ますますそうした強さが必要になってくるだろうと感じています。

この物語の主役は、あなた。

何が起こっても、道を見失っても、
あなたという物語は続いているのです。

第2章

「今」を生きるために

人生を「長さ」よりも「質」で考える

近代医学は、一日でも、一時間でも長く生命《いのち》をつなぐことを目標としてきました。その成果は十分に出ていると言っていいでしょう。それがこの超高齢者に溢《あふ》れる人生百年時代到来の牽引力《けんいんりょく》になったのは間違いない。

しかし、人生百年時代と聞いて、手放しで喜んでいる人はあまりいません。長寿は、有史以来人類の「夢」でした。その夢が実現された社会とも言えるのに、不安ばかり感じて幸せと思えないとは、なんという皮肉でしょう。

しかし、私は「不安だ」という人のほうが多いことに、安堵《あんど》するような気持ちも少しあります。その「不安」こそ、この問題の本質をついているように思うのです。

この不安の正体は、実はとてもシンプルです。結局、「どうやって生きていけばいいのかわからない」ということなのではないでしょうか。若い頃も、同じような悩みを抱《かか》えているのですが、若い頃と大きく違うのは、より明確に「死」へ向かっているという点です。

私は人生を登山に見立てて、説明してきました。大雑把《おおざっぱ》に言えば、だいたい五十歳くらいまでの前半生を登山の時期、以降の後半生を下山の時期、と考えているのです。

今、不安に思っている皆さんを、登山に喩《たと》えてみるならば、三時間かけて登った登山道を、登りよりも短い時間で楽をして下山できるだろうと思っていたら、思いがけず別ルートを下ることになってしまった。しかも、初めて歩く道で、行きとは違う困難さがあり、なおかつ思っていたよりも、だいぶ時間がかかりそうだということがわかった――そんな状況なのではないでしょうか。

そう考えますと、登りと同じように、下りもまた不安だということだな、と思います。慣れた分、経験を積んだ分だけ少しは楽になるかと思っていたのに、見たこともない世界がまた目の前に広がるのです。溜息《ためいき》をついて、途方に暮れる、不安を感じるのも当然かもしれません。

「長さ」とは別の言い方をすれば、〝量〟です。人生とはそのような量で考えるのではなく、「質」で考えたほうがいいのではないか。

今、長く生きるかもしれないという現実を前に、多くの人がそのことに気づき始めているのではないでしょうか。しかしそれは、決して容易な道ではありません。その困難さへの予感が「不安」として、現れ出ているようにも思います。

長短に関わらず、人生とは、「今」の連なりです。この「今」をいかに生きるかを考えることは、人生を考えることになります。人生には喜びだけでなく、苦しみも悲しみもある。それでも、自分なりに生きてさえいれば、葛藤しつつも納得するのではないか。自分なりの人生、いのち、そして幸せについて、今改めて考えてみましょう。

寿命が短かろうと、長かろうと、「いかに生きるか」ということ。

この先への不安を思うよりも、
今をどう生きるかが大切です。

目的を探して変化し続けるのが人生

人生に「目的」は必要でしょうか。

私は、「ない」と考えて生きてきました。私たちは、ただ生きているだけで、十分に素晴らしい存在です。ですから、人生の目的とは、人それぞれの思いの中で、あってもいいし、なくてもいい。そういうものだろうと思います。「人間とはこうでなくてはならない」といった、あらかじめ決められた規則のような〝万人に共通の人生の目的〟のようなものは、少なくとも想像できません。

このような思いは、間違いなく本心なのですが、実は「よくわからない」というのも、本音なのです。

以前、高校生――灘《なだ》高の皆さんと対話をする機会がありましたが、その際にも、生きることの目的とは何かと問われて、「はっきりとはわかりません」と答えました。我ながら情けない話ですが、この歳《とし》になっても、自己否定を繰り返しながら生きています。仮に世間に認めてもらえても、自分はだめな人間だと思ってしまう。そんな私に「生きている目的は何か」などわからないのです。

おそらく彼らのような若い世代に「人生の目的は？」と問えば、「いい大学を出て起業して、世界に羽ばたきたい」「弁護士になって、社会に貢献したい」、あるいは「愛する人と出合って、幸せな家庭を築きたい」といったようなことを答えてくれるのではないかと思います。しかし、このような思いは、「夢」、あるいは「目標」と呼ぶべきものかもしれません。もちろん、それぞれに困難さはあります。しかし、達成できる可能性のある事柄です。

ある程度人生を歩んでいくと、このような「夢」や「目標」が達成される・されないにかかわらず、「その後」が続いていくということがわかってくる。そうなると、ますます、「人生の目的とはいったい何だろう」となっていくのかもしれないと思います。

「自己実現こそが、人生の最高の目的である」――そんなふうに説《と》く人も少なくありませんが、では、この「自己実現」とは何でしょう。世に流布《るふ》していることを端的にまとめてしまえば、

「自分の無限の可能性に気づき、引き出し、最大限に個性と才能を花開かせる生き方こそ、人生の目的である」

このようなことではないかと思います。耳ざわりが良くて、一瞬なるほどと納得してしまいますが、少し冷静になってみると、何か立ち止まってしまうものがあります。

〝無限の可能性〟という言葉は、確かに世界が広がっていくような気がして心地良い。しかし、「無限の」という表現において、私は眉《まゆ》に唾《つば》をつけます。

というのも、これまで生きてきて、自分の思うようにならないことばかりだったからです。例えば身長です。私は若い頃から、あと五センチ背丈があればと思

っていましたが、どうにもなりませんでした。それにひどい腰痛、頭痛持ちで、どうしてもはずせない仕事を前に、なんだってこんな時に痛くなるんだと、痛みにのたうちながら自分を呪《のろ》ったこともありました。

こんなことを言うと、そういう体型や体質のことではなくて、もっと内的な創造力のことだよ、と笑われてしまうかもしれませんが、しかし本人にとっては、このような些細《ささい》なことだって看過《かんか》できない大切な現象です。このように、思うようにならないこと、できないことを挙げだしたら止まらないというのに、「無限の」などと言うのは、どうにもおこがましいような気がしてしまいます。

もちろん、振り返ってみれば、願うとおりにいったこともあるにはあります。しかしそれは、自分の努力の結果というよりは、そうなるべくしてなったような、つまり自分でどうにかしたようなことではないという感じがするのです。

そんな体験からも、「人生の目的とは何か」と問われると、簡単には答えられないのです。何かを実現させること、自分の可能性を確認すること、そういったこともちろん大切なことですが、どうもちょっと違うような気がしてなりません。

あえて言うならば、目的を探して変化し続けるのが人生なのかもしれないいな、と思います。何かを達成すべく頑張って、その結果が出たとしても、それは一つの通過点にすぎません。人生はただ進んでいくのです。

亡くなった後、偲《しの》ぶ人が多いのを見て、その人の生き方の一つの結果だという人もいる。確かに、そう思うのもわかりますが、しかし、その発想の背後には、他者からの視線を意識していることがあるように感じます。

死に向かう一つのいのちに、他者の評価などどれほど意味のあることでしょうか。たとえその死がどんなに惨《みじ》めに見えたとしても、誰にも見えない部分――その人のこころには、美しい花が咲いていたかもしれない。

どんな人生であろうといい。生きたことのすべてが、その人自身であって、あえて言うなら、それこそが結論で結果なのかもしれません。そのことに誰かの評価など必要ないのです。

生きることすべてが、人生の結論で結果でもある。

死後の評価など気にしなくていい。
今の「あなた」が大切です。

誰かの評価よりも、大切なのは内面的な充足

パソコンはもちろんのこと、インターネットやスマートフォンの普及は、私たちの生活を一変させました。私自身は、資料を読むのは新聞・雑誌や本、そして原稿は相変わらず原稿用紙に手書きという、昔ながらのやり方を続けていますが、私の周りの人たちは、それらを駆使して仕事をしています。

例えば、本を売る方法も変わりました。少し前ならば、新聞広告を打つ、メディアの取材を受ける、サイン会を開催するといった方法が一般的で、あとは地道に書店の店頭で……というのが拡販活動の定跡《じょうせき》でした。今でももちろんそれらは行いますが、加えてあらゆるＳＮＳでの展開が求められます。

今の編集者たちは、そのようなメディアのニュースやイベントを中心に、見に

来てくれた人や興味のある人が反応してくれるのを見守り、編集者からも働きかけています。これまでもマスメディアに対してそのようなことは行ってきましたが、今はそれが個と個のやり取りに移行しているようです。しかもできるだけ早く反応しなくてはならないのですから、息をつく間もありません。

それほど苦労しても本が売れないと言って、編集者は嘆《なげ》きます。しかし、一般の人が本に興味がなくなったのかと言えば、そうとも言い切れない。私が長年選考委員をしている文学賞では、応募者数がぐんぐんと増加しているのです。つまり本は買わないけれども、書き手になりたい人は増えているということです。

SNSで「いいね」をもらうだけでは、何か飽き足らないのかもしれません。小説を書いて、もっと多くの人に認めてもらいたいのではないかと思います。名もなき砂のような自分ではなく、「何者か」でありたいということでしょう。

もちろん、昔から承認欲求というものはありましたが、今の社会は、そうした承認欲求を、無限に広げてしまうような構造になっているように思います。自分が実際に見たものや体験したことは、それだけで十分に意味のあることですが、それをSNSにアップして、「いいね」をもらわないと気が済まない。

また、少々形は違いますが、定年を迎えて肩書がなくなったことで不安になり、マンションの組合理事長でも何でもいいから「長」と名の付く役割を引き受けるという人もいます。これもかなり深刻な承認欲求の一つです。自分の価値を他の何かで証明されないと安心できないのでしょう。しかし、定年後にも長い時を過ごすことになるこれからの社会では、自分の価値を他人に承認してもらうという構造から、一刻も早く抜けたほうがいいと思います。

他人に自慢することもない。肩書もない。何者でもない、ただの自分。

それで、十分なのではないか。内面のことは、自分にしかわかりません。外側からどう見えるかよりも、まず自分自身が充足するためにはどうしたらいいかが大切です。誰かの評価で作り上げられた自分ではなく、自分自身が望むのはいったいどんな自分なのか。一度、外からの音を遮断して考えてみましょう。

〝自分自身が望む自分〟とは何かを考えてみる。

自分の価値を他人に承認してもらう構造から
一刻も早く抜けだしましょう。

いろんな方法で生きてみる

つくづく人間とは不自由なものです。私たちは、生まれた瞬間から、自分では選択できない条件を与えられてスタートします。生まれる場所も、両親も、国も、人種も、時代も、何もかも選べません。これらは努力や誠意で変えられることではないのです。

仏教の開祖である仏陀《ぶつだ》は、「生きるということはすなわち〝苦《く》〟である」という点から出発しました。「苦」とは、サンスクリット語のドゥッカを漢訳したもので、もともと「苦しみ」といった意味だけでなく、「思うに任せぬこと」「思うとおりにならないこと」といった意味も含んでいるらしい。つまり「人が生きるということは、思うに任せぬこと」だと考えると、何か腑《ふ》に落ちるような気がします。人には生まれつき背負ってきたことがある。それは変えることができないと考えるのです。

このようなことを、「宿命《しゅくめい》」と呼んだりします。昔はよく「星まわり」などと言ってその良し悪《あ》しを気にする人が多かった。最近でも雑誌やテレビ番組で星占いのコーナーがあったり、血液型占いなどに右往左往している人を見ると、今も昔もあまり変わらない。興味本位で楽しんでいるように見えて、実は本気で気にしているふしもありますし、根底には、自分の力ではどうにもならないものへの恐れがあるのかもしれません。

一方、「運命」という言葉もあります。私は、「運命」とは、それぞれの宿命を持って生まれてきたいのちを動かしていく、大きな潮流のようなものだと考えています。その最たるものが「人間として、この地球上に生きている」ということでしょう。

私たちは、その点ですべて共通の「運命」を背負っている。「ひとりで生きる」と息巻いても、核兵器が思わぬ暴発をすれば、大きな地震が起これば、同じように危険にさらされるでしょう。私たちはバラバラに生きているようで、同じ「運命」を共有している。そういう意味では運命共同体の「仲間」だと言っていいのです。

個人として背負っている「宿命」と、人間として背負っている「運命」——私たちはどうにもならない二つの大いなることを、背負って生きている。そう考えると、重苦しくてたまらない気持ちになってしまいますが、しかし、「宿命」や「運命」とは、私たちに重圧を与え、苦しめるだけの存在なのでしょうか。私はそうではないと思っています。

例えば、幼い子どもが、母親に虐待《ぎゃくたい》され死んでしまうという痛ましい事件があったとします。それを知ったら、多くの人が胸を痛めるでしょう。見ず知らずの子どもの死を思い、ある人は怒り、ある人は殺してしまった母親のこころの闇《やみ》を思って、深い溜息をつくのではないかと思います。

自分や家族の身に起こった事件ではありません。しかし、それにもかかわらず、胸がしめつけられるのはなぜなのか。それは、人としての大きな運命をともにする者の、ごく自然な感情が呼び覚まされるからではないかと思うのです。

逆らいようのない大きな運命の船に乗り合わせた者同士の、自《おの》ずから生じた意識であり、連帯感でもあります。このような自然な感情というのは、倫理や思想よりもはるかに深く強いのではないかと思います。同じ運命を共有する者として、共感共苦《きょうく》するこころです。

つまり、「運命」は、他者への共感や切ることのできないつながりを与えてくれる。そして「宿命」は、「ひとり生きる」ことの意味を与えてくれるのです。宿命はひとりひとり違います。どんなに過酷でも、その宿命は、あなたひとりに用意されたものなのだと思います。

寿命が飛躍的に延びている今だからこそ、この二つの大いなることを意識しながら、生きる必要がある。だから、わからないから不安だと萎縮するよりも、制限が緩んだと考え、面白がって生きていくほうがいいのではないでしょうか。

宿命と運命が指し示すものは、一見逆のように思えるかもしれません。しかし、長く続いていく人生の中で、そのいずれかを意識し続けるだけではなく、そのいずれをも味わい尽くしていいのではないか、と最近は思います。

ひとり静かに生きる時があってもいいですし、大勢の中で生きる時があってもいい。これまでの人生がそうだったからといって、同じような人生を淡々と生きなくてもいいのです。少し長く生きられる分、失敗を恐れずに、いろんな方法で生きてみてもいいのではないかと思います。何歳になっても、遅いということはありません。

個として、ただひとり生きること。

そして、他の存在を意識し、共感しながら生きること。

この二つを少し意識して、長い時を心地良く生きていくための工夫を考えてみましょう。

長い時間を
多彩に生きてみる。

ひとりで生きる時も、大勢で生きる時も、
両方楽しむ時間があるということなのです。

自分だけの「生きる意味」を見出す

寿命が百年になるというのは、仮定の話です。今の状況が続くという前提ではじき出された統計上の確率であって、あくまでも可能性が増したということ。何か思いもよらぬことが起これば、一気に変わってしまう数字にすぎません。

私たちは、草や木と同じく、戦争や災害といった風が吹き荒れれば、簡単にその風にのまれてしまう存在です。その意味では、これまでの時代を生きた人々と変わらない。

人間というのは、つくづく翻弄《ほんろう》される存在です。自分の思うようになることなど、ほとんどないと言っていい。そもそも、私たちは「死ぬ」存在です。寿命が百年であろうと五十年であろうと、必ず死ぬ。これだけは真理であり、絶対的な事実と言っていいでしょう。

にもかかわらず、私たちは「死」を見ないように、考えないようにして生きています。人の死も、数十年前は家で迎えるのが一般的でしたが、今は病院の病室で医師によって看取《みと》られるのがほとんどです。若い人の中には、遺体を見たことがないという人も、ひょっとしたらいるかもしれません。「死」を忌《い》むべきもの、隠すべきものとする風潮があるからでしょうが、しかし、これこそ不自然です。「生きる」ことを考えることは、「死」について考えることでもあります。いかに死ぬかは、いかに生きるかと同義なのです。

自分の「死」について考えることは、容易なことではありません。死への恐怖とは、存在に関わる根源的なものですから、人類にとって、有史以来最も大きな課題であり続けてきました。宗教も哲学も、その恐怖へ立ち向かうために編まれたものと言っていいでしょう。

人生五十年時代でしたら、このことについてさほど考えなくてもよかったかもしれません。少し前の人の人生を想像するとわかりますが、十代後半から二十代で子どもを産み育て、ようやく少し落ち着いたなと思ったらもう四十代です。平均的寿命まであと十年もありません。考える間もなく、死のほうが先に訪れてしまった、という人の方が多かったでしょう。

しかし、今は状況が変わりました。長く続く時間の中で、考えざるを得ないのです。

どのような死を望むのか。生きることに人の数だけ違う形があるように、死ぬことにも多様な在《あ》り方があっていいはずです。

そのように自分の死を考えるということは、根源に迫りながら、自分だけの生きる意味を見出《みいだ》そうとすることなのではないでしょうか。そのような時間を持てることは、やはり幸せなことではないかと思います。

死を思うことは、
生を思うこと。

自分らしく生きるために、
死についても考えてみましょう。

「生き方」と「逝《い》き方」

私たちは、ふとしたことで死んでしまう、か弱き生命《いのち》です。元気だった人が、突然病気を発症して亡くなってしまうこともあります。病気でなくとも、天災や交通事故に遭《あ》って亡くなることもありますし、たまたま落ちてきたビルの外壁の下敷きになって、あるいは階段から落ちて亡くなってしまうことだってありえます。

それほど、私たちは死と隣り合わせであるのに、さも無関係な顔をして生きている。自分がいつか死ぬ存在であることを考えないようにして生きている、と言ったほうがいいかもしれません。しかし、どこかでそのことを受け入れ、生を全《まっと》うするためにも、準備をする必要があるのではないでしょうか。

五十歳くらいまでの前半生は、社会に対してどのような貢献をするのか、自分はどういう人間になるのか――いわば、世に出ることについての努力をする時間です。対して後半生は、世から去っていく方法を究《きわ》める時間と言えるように思います。

つまり、後半生は「生き方」に増して、「逝き方」に重点を置いてみる。そうして、前半生を振り返った時に、もしそれまでの日々に納得がいかなければ、逝く時には納得いくものにしたいと考える。そのためには、どう生きればいいかと考えてみるのです。

私は仏教とは、後半生を生きる人たちのための宗教ではないかと思います。死を自分で考えるようになると、仏教は生き生きしてくるのです。仏陀の教えは、「今を生きる」ことを語っていたように思いますが、死を自分のことと感じながら、それを受け入れ、どう乗り越えていくかを考える時にこそ、仏教の力は発揮されるように思います。

朝な夕なに仏壇の前に座ってお経を唱《とな》える。目の前には去っていった人々のイメージが浮かびます。浄土真宗《じょうどしんしゅう》の中興の祖、蓮如《れんにょ》が言う「朝《あした》には紅顔《こうがん》ありて、夕べには白骨となる身なり」のように、この世は無常で、人の生死は予測できないと、自分に言い聞かせながら日々を過ごす。そんなことを、五年、十年と重ねていくうちに、自分が世を去っていく覚悟もできていくのではないか。

そして、もう一つ大切なのは、死んでいった人たちの物語を知ることでしょう。本を読んで知ることももちろん意味がありますが、近親者や友人が語るもっと身近な物語にも耳を傾けてみましょう。

確かに生き、死んでいった人の死に方を、実例としてしっかりと聞くことも、大事な勉強であり、死への準備になるのではないかと思います。

「逝き方」を考えると、これからの「生き方」も見えてくる。

死への準備は、後半生を生きる礎《いしずえ》となります。

どんな時も、自然の一部でありたい

前章でもお話ししたように、「生きて死ぬ」物語を自分自身で考える、ということはとても大切なことですが、現実的にもう少し手前、いかに死ぬかについても考える必要があるのではないでしょうか。

家で死ぬか、病院で死ぬか。胃瘻《いろう》はするのかしないのか、どこの墓に入るのか、財産はどうするのか……。夢も希望もない、と言っては何ですが、なかなかシビアな現実です。しかし、こうしたことを考えることが、「終活」などと呼んでブームになっているという事実には、隔世《かくせい》の感を覚えます。どんな形にせよ、死について考え、語り合うことは良いことだと思います。

私は、自分の意志で生まれてきたわけでもないし、これだけ大変な世の中を苦労しながら生きているのだから、せめて最後くらいは自分の思いどおりに幕を引けないものかと、ひそかに思っています。

去る時には、自分の意志で去るといったことを認める社会は、果たして来るのかどうか。脚本家の橋田壽賀子《すがこ》さんが、『安楽死で死なせて下さい』という本を書いて話題になりました。共感を示す声もありましたが、どちらかというと批判する声のほうが、少々大きく聞こえてきたように思います。

「安楽死」には、積極的安楽死と、消極的安楽死があります。日本では、消極的安楽死は尊厳死とも言われ認められていますが、積極的安楽死は認められていません。世界で見ると、積極的安楽死を合法化しているのはスイスやベルギー、オランダ、ルクセンブルク、カナダ、韓国で、アメリカの州では一部合法化されているところもあると聞きますが、日本の現状を見ていると、なかなか難しい。

日本での法整備が難しいのは、「安楽死」という言葉に理由があるかもしれません。安楽死とは「楽になるための死」という印象が強い。別にそれが悪いわけではありませんが、日本人は「楽になるためだけに自死を認めていいのか」と考えるような精神的な文化風土があるように思います。

すると、なんと言えばいいのかわかりませんが、「自逝《じせい》」という言葉はどうだろう、と思いました。逝くという言葉は、大いなるものの気配というか、自然な流れを背景にしているような気がします。生きものとしての流れからは外《はず》れずに、自らの「死の作法」の中で、去る時を自分で決めたのだ――そう思えれば、あまり悪い印象ではなくなるかもしれません。

私は、野生動物が死期を悟ると群《む》れから離れて行方不明になるという話を聞くと、うらやましいと思います。私も、自然にその時を迎えられたらと願わずにはいられない。自発的なナチュラル・エンディングとでも言いましょうか。安楽死、尊厳死といった大げさなことではなく、「もう、この辺で結構です。十分に生きました」と感謝し、笑顔で見送られるような締めくくりができたらいいと思います。

「自逝《じせい》」

——大いなる流れの中で、去る時を自分で決めること。

どんな時も自然の一部でありたいと願うことは究極の願望かもしれません。

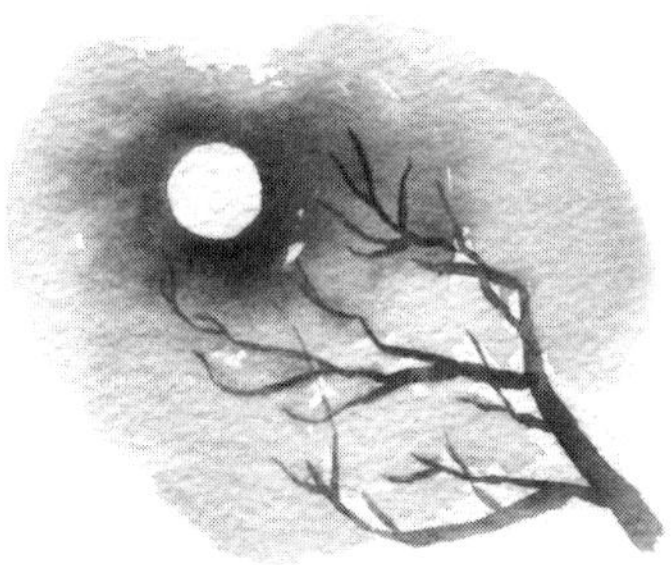

#「死」とともに在る新しい生のかたち

ここのところ訃報《ふほう》が相次いでいます。特に昨年あたりから、昭和を代表する人たちが相次いで鬼籍《きせき》に入られた。時代が変わるということは、こういうことなのかもしれないと思わずにはいられません。

中でも大きな印象を残したのは、樹木希林《ききき りん》さんではないでしょうか。希林さんが亡くなってから、彼女の言葉をまとめた本が出版され、大ヒットしています。私もその中の一冊、『樹木希林　120の遺言』について文章を書きました。

私はこの一冊が、「遺書」ではなく「遺言」であることが非常に重要だと思うのです。本来、表現の仕事とは「語られるもの」でした。今に残る仏陀の言葉も、仏陀の入滅《にゆうめつ》後に記されたものですし、イエスもソクラテスも、一冊の本も書いていません。語りと問答、説得と対話が思想表現の正道なのです。そういう意味でも、この一冊は思想表現の本道をゆく作品と言っていいでしょう。

希林さんが残した言葉を通読してみると、生も死も同じように「生き方」だと感じていることが伝わってくる。死は向こう側にあるものではない。それは生きる中に、日々の時間のうちにあるものだと、語っています。そして人生百年ともなれば、アッと思って死ぬのではなく、しみじみ「死ぬんだな」という感じの死に方、そういう終わり方ができるのではないか、と。

今私たちには、まさにその点が突きつけられています。突然死も老衰死も関係ない。それよりも、悲鳴を上げげつつ死んでいくことは何としても避けたい。できることならば、彼女の言うように「しみじみと死ぬ」ことができたらどんなにいいでしょう。希林さんは、そのために、「いつかは死ぬ」ではなく、「いつでも死ぬ」という感覚だ、と言っている。それを「覚悟」とも言っています。

この一冊から、希林さんが「死」についても、いろんな場所で実によく語っていたことがわかります。希林さんは、全身がんであることを公表しておられた。がんの治療を続けていること、将来がんで死ぬだろうと話した時の飄々《ひょうひょう》とした様子は、記者たちの浮足立った様子と、非常に対照的でした。

そんな彼女が語る「死」は、医学的、物理的な死へのアプローチとも違います し、宗教的な色彩を帯びた言説でもない。自然でありながら、何か新しい傾向を――新しい表現への息吹《いぶき》のようなものを感じるのです。

そういう意味でも、同じく表現を生業《なりわい》とする者として、こころから称賛したい。彼女の言葉や生き方は、新しい世界でも語り継がれていくでしょう。

希林さんが亡くなった半年後に、伴侶《はんりょ》であった内田裕也《ゆうや》さんも逝かれた。四十年もの間別居という一風変わった夫婦関係もまた、新しい在り方でした。事情はわかりませんが、はたの人にはわからない絆《きずな》があったのでしょう。いずれにしても希林さんは精いっぱい思うままに生き、しみじみと死んだ。その生きざまは、実に見事でした。

思うままに生き、しみじみと死ぬ。

「生」も「死」もともにある人生の新しいかたちを、
希林さんの生きざまに感じるのです。

第3章

孤独と幸せの両立

孤独を恐れるのは、もうやめよう

この数年、人生百年時代について様々な場所でお話ししてきましたが、そのたびに強く感じるのは、皆さんが最も恐れているのは「孤独」なのだな、ということです。中でも「孤独死」や「単独死」は、少し大げさではないかなと思うほど、多くの人に恐れを抱《いだ》かせているように思います。

私はもともと群《む》れるのが苦手で、孤独を好む性質だからかもしれませんが、孤独であることは、皆さんが思うほど悪いことではないと思っています。

確かに歳《とし》を重ねれば、思うように体が動かなくなり、仕事をリタイアすれば、人と会わない日も増えて、無聊《ぶりょう》をかこつことにもなるでしょう。そうなると、世の中から取り残されてしまったような気持ちになって、自分は必要ない人間なのだと思ってしまうかもしれない。うつ状態におちいることもあると思います。

実際、ひとりで生きる人に対して、軽んじるような態度を示す人もいますから、そんな人のこころない一言に、傷つく人もいるでしょう。しかし、そんな言葉は、意味のないことだと思います。「孤独であること」と人としての価値について、論理的な相関関係はないでしょう。「孤独だから不幸せ」と考えることも意味がありません。「孤独で幸せ」な人はいますし、そして状況としては孤独でないのに不幸せな人もいます。家族とともに暮らしていて、一見和《なご》やかで幸せそうに見えても、つらく悲しい気持ちを抱《かか》えている人もいるのではないでしょうか。

「孤独死」や「単独死」についてもそうです。

「亡くなってから一週間も発見されなかったんですって。かわいそうに……」

孤独死のニュースが流れるたびに、そんなふうに言って、眉《まゆ》をひそめる人は多いのではないかと思いますが、私はそのような言葉を聞くと、何か違和感を覚えて、憮然《ぶぜん》としてしまいます。

その人は、本当にかわいそうな人なのでしょうか。

私たちが知らないだけで、満ち足りた気持ちで最期《さいご》の時を迎えたのかもしれません。孤独に生活していても、日々を楽しみ、充足して生きていたかもしれないのです。それを「かわいそう」と言ってしまうのは、人の尊厳を軽視する気配があるような気がしてしまうのです。

そこにはやはり「孤独」であることを認めたくない、拒否したいという思想を感じます。しかしそれは、人間の自然な在《あ》りようを否定してしまっています。

そもそも、人はみな「孤独」です。ひとりで生まれてきて、ひとりで死んでいく存在です。それなのに、孤独であることを否定してしまうというのは、自らの首を絞めることになるだけではないかと思うのです。

孤独であることを、無暗《むやみ》に恐れる必要はないのです。もし、怖いと思うのなら、その理由を考えてみましょう。あなたが恐れているのは、ひとりであることそのものではなく、何か他のことが原因なのかもしれません。

ひとりで生きて
ひとりで死んでいく。

自分が恐れていることの正体は何か、
考えてみましょう。

「孤独」と「孤立」は違う

二年ほど前に『孤独のすすめ』という本を出して以来、多くのメディアから「孤独」についての取材を受けています。取材をしていただくのは嬉しいことなのですが、どうにも歯がゆく思うことがあります。というのも、取材者が、私が考える「孤独のすすめ」を「人との接触を避けて自己を凝視するように生きること」だと誤解していることが多いのです。つまり、「孤独」を「孤立」と混同してしまっている。

私が提起したかったのは、そういうことではありませんでした。「孤独」とは、他者の中にあって初めて認識できるものです。私はそう考えてきましたから、むしろ「人々の中にある」ということを、私なりの語り方でもって推奨したつもりだったのです。

「孤独」は、「自分が他の人とは違う」ということを、はっきりと認識することから始まります。他人との違いは、ひとりでは気づけません。誰か他の人と接触することによって、その差異が明確になり、実感として深まっていくものです。

私は「孤独」とは、魂やこころに直結する事柄であり、言葉だろうと思います。一方、「孤立」は、他者との交流をあえて遮断したような、不健康な状態を示す言葉ではないかと思います。この二つは、まったく異なる次元の概念なのではないでしょうか。

私が言いたかった「孤独のすすめ」とは、ひとりぽつねんと自己を見つめていることではありません。他者の中に在りながらも、自分を見出《みいだ》すということ。「和して同ぜず」という言葉のとおり、みんなと調和しつつ、個を失わないということだったのです。そのためにも、私たちは孤独であるという事実を否定しないほうがいい、孤独であることを恐れなくていい、そう強調したつもりでした。

人は、孤立して自らを閉じ込めている限り、真の自己を発現できません。他者との接触や摩擦、衝突や協力の中で「ただひとりの自分」を見出すのです。「ただひとりの自分」、唯《ゆい》我《が》独《どく》尊《そん》であるところの自己を、私は個性ではなく「孤《こ》性《せい》」と呼んでいます。この「孤性」に目覚めること、意識することこそが、「孤独」の真の意味なのです。

「孤性」を自覚した人とは、どんな状況であろうとも、周囲と調和しつつ、同時に自らを失いません。まさに、「和して同ぜず」。これが理想的な形ではないかと思っています。

「なぜ人は生まれてくるのか」。その問いへの一つの答えとして、「自分とは何かを見出すため」ということがあるのではないかと思います。「孤独」とは、その大切なことを成し遂げるために与えられた、大切な能力なのかもしれないと、最近では考えています。

ただひとりの自分を見出すこと。

孤独は、他者と自分が違うことを認識すること。
結果的に周囲と調和できる力にもなります。

「ただひとりの自分」と大いなるもの

「ただひとりの自分」、つまり「私」や「自己」「個人」といった概念も、少々注意が必要です。これらはいわば「近代的自我」と呼ばれるもの。実のところこれも、不変の真理ではなく、近代に発明された〝そこそこ有効である一つの物語〟にすぎない、と言ってもいいのではないでしょうか。

前項とは少々矛盾《むじゅん》したことを言ってしまいますが、「ただひとりの自分」を見出すことは生きるうえで必要なこと。しかし、見出すことができたら、今度はそれを手放してしまうほうがいいと思うのです。

第1章でもお話ししましたが、私は「いのち」とは、一つ一つが異なる存在でありながら、同時に大いなるいのちの一部であるというイメージを持っています。「私」という個は、水の一滴のように小さな存在ですが、大河を形づくる一滴であり、永遠の時間に向かって流れていくリズムの一部です。その大河はやがて大海へと注《そそ》ぎ、大海と溶け合い、「私」は消滅する。私は消滅しますが、しかし大いなるものの一部となる――そんなイメージです。

確固たる「私（自我）」を確立できたとしても、その自我は限りあるいのちの宿命《しゅくめい》として、いずれ大海に溶けて消滅してしまうもの、大いなる循環に還《かえ》るものです。そう考えてみると、「私」とは、貴重で、かけがえのないものですが、儚《はかな》いものでもある。その両面があることを、忘れてはいけないのではないかと思います。

「ただひとりの自分」に気づくためには、自分が他の人とは違うことを認識する必要があるとお話ししました。しかし「違う」ことは、一つの事実にすぎません。そこで妙な優越感を持ったり、他者と「違う」こと自体に存在意義を見出すのは危険とも言えます。

「他者がいることで差異がわかる」というのも、他者と自分とを「比べる」という意味ではありません。すべての人が、「ただひとりの自分」で唯一の存在なのですから、「比べる」必要はないでしょう。

私たちは、「ただひとりの存在」として間違いなく「孤独」です。それは宿命と言っていい。しかし視野を広くして考えてみると、絶対的孤独ではないと言えると思います。

私という存在が孤独であると認識し、突き詰めて考えていくと、いつの間にか孤独ではないことに気づく。

——個であり、全である。

矛盾しているようですが、私はそう考えています。

孤独である。しかし、絶対的孤独ではない。

個は宿命的に孤独ですが、同時に全の一部でもあります。

深い孤独から生まれ出る希望

　ここでもう一歩踏みこんで、孤独について考えてみたいと思います。

　私は「孤独」とは、人が人として生きていくためにも、必要不可欠で根源的な能力ではないかと考えています。そして同時に、私たちを苦しめる鋭い刃《やいば》になることも知っています。だからこそ、多くの人が孤独を恐れ、避けようと躍起《やっき》になっていることも理解できます。

　ここで、逆に孤独ではない状態とはどんな状態なのかを考えると、例えば、「仲良く手を取り合って、ぬくもりを感じながら誰かと生きてゆく」、そんなことを想像する人は多いかもしれません。確かにそれは美しい光景だと思います。しかし、それだけが人間の理想なのでしょうか。

私は、多くの人が拒絶したがっている「孤独」の中にも、見出すべきものがあるのではないかと考えています。そこで思い浮かぶのは、仏教の開祖、仏陀《ぶつだ》と、キリスト教の開祖、イエス・キリストの生涯、そして孤独についてです。

仏陀こと、ゴータマ・シッダールタは、釈迦《しゃか》族の王子として生まれ、大変恵まれた環境で生活していました。しかし、家族も国も何もかも捨てて、修行者としての道を選びます。そして六年の苦行の果てに、悟りを開きました。

真理を悟った人（仏陀）となったゴータマは、しかしそれを人々に語ることを躊躇《ちゅうちょ》します。自分の考えたことは、自分の経験を経《へ》て得たもので、人に説明しても理解してもらえないのではないか、誤解されるのではないか……。

そんな仏陀を梵天《ぼんてん》（インド神話の最高神）が説得します。「人々に語りなさい」と。梵天の勧めを二度も断りながらも、三度目にようやく仏陀は歩み出すのです。

私はこの時の仏陀の孤独を思います。人に語ったところで真意は伝わらないだろう。でも、できるだけ伝わるよう努力しよう。その片鱗《へんりん》だけでもみんなにわかってもらいたい。そう願ったことでしょう。

しかし心中では、「悟り」というのはひとりのものであって、それをみんなが理解できるように伝えることなど、本当はできないのでは――そんな孤独感と絶望感を、仏陀は死ぬまで持っていたのではないかと想像するのです。

一方、イエス・キリストの孤独とは何か。

それは、ユダという弟子《でし》に裏切られることです。しかも、イエスは、ユダに裏切られることも、その理由もあらかじめわかっていた。

イエスには、「人間とは裏切るものだ」という認識があったのではないかと思います。最も信頼している人間でも自分を裏切る。それは人間の性《さが》であると、それを原罪《げんざい》として認めていた。だからいつか自分も、最も信頼する人が裏切り、自分を死に追いやる人が出てくるだろうと、考えていたのではないか。

それは、信じる・信じないということではありません。人は裏切るものであるということを認め、そしてそれを大きく、自分もひっくるめて赦《ゆる》しているのです。

「汝《なんじ》の敵を愛せよ」は、自分を裏切るものを愛せよ、ということだろうと思います。刑場に向かうイエスに対して、民衆は石を投げ、「吊《つ》るせ」と言う。イエスも十字架に磔《はりつけ》にされ、死ぬ時に「神よ、なぜ我を見捨て給《たま》うのか」と言いますが、イエスは、そんな民衆をも、そんな神をも赦せ、と言っているのではないか。神も自分を救わないだろう。しかし神の存在を、自分は信じるのだ――イエスの信仰とは、徹底的なニヒリズムの中から生まれたものという気がしてなりません。

イエスは、孤独です。しかし、孤独感にさいなまれている感じはしません。そういったものを超えた、熱い確信のようなものを感じます。

自分を裏切る人を信頼し、裏切るとわかっている人を愛することでしか成立しないものがある。それを「愛」と言うなら、愛は裏切る人を愛することを言う。だから、自分を見捨てる神でも、信じるのです。自分に石を投げ、罵《ののし》る民衆が救われれば、自分も救われる、そんな感覚だったのではないか。

二人の偉大な人物の、あまりに大きな孤独を思うと、胸が塞《ふさ》がるような思いですが、同時に共感のような気持ちも湧《わ》いてきます。

おそらく二人とも孤独者であったでしょう。しかし人の間で生き抜きました。ひょっとしたらひとり生きたほうが楽だったでしょうに、人々の中に在ろうとした。仏陀は大いなる慈悲《じひ》でもって、イエスは大いなる愛でもって。

偉大な二人だけでなく、「衆」と「孤」は常に対立するものです。そして、「孤」の思想や感情というのは「衆」には伝わらない。そんな諦念《ていねん》、絶望感のようなものを、多くの人が持って生きているでしょう。

しかし、そんな絶望感を持ちながらも、この二人の偉大なる孤独から生まれた大いなるものを思うと、何か、極限であり根源であるものから見出される、希望のようなものを感じます。やはり「孤独」は、悪いものではない。そこに、人としての根源的な可能性があると思われてなりません。

孤独からしか、顕《あらわ》れ得ない大いなるもの。

孤独とは根源に根差すもの。
生きるうえで、
最も大切なことを支える力なのかもしれません。

大切だからこそ、距離感を考える

小説家になって、半世紀以上になります。ずいぶん多くの小説を書いてきましたが、そう言えば、私の小説で、友情を題材にしたものはとても少ないと思います。

私は、この人が好きだ、気が合いそうだ、親友になれそうだと思うと、かえって気を付けて、できるだけ距離を置くようにしてきました。

友情とは、水のような付き合いが良い、遠くからお互いのことを思いながら、見守っているような付き合いが一番いいと思ってきたからです。細く長く持続することが何より大事だと、ずっと思っています。

亡くなった阿佐田哲也《あさだてつや》さんをはじめ、親友と思う人は何人もいましたが、大切に思うからこそ、濃密な付き合いは避けてきました。

相手を大切に思う気持ちは、こちらの思いかもしれませんが、向こうもちゃんと思ってくれている。だから毎日顔を合わせなくても、べったりしなくてもいい。子どもの頃からそんなふうに思っていた気がします。

そう思うのは、人間は最終的にひとりなのだという気持ちが、ずっとあったからかもしれません。諦念とともにそう思いながらも、内心では人間を、友情を大切に思っている。大切なものは壊したくないと思っていたのでしょう。

浄土真宗《じょうどしんしゅう》の宗祖、親鸞《しんらん》が言うように、人間は本来悪を抱えて生きていると私は思います。ですから人間同士が近づいて、接触すれば、否《いや》が応でも悪の部分が出てくるのではないかと思ってしまう。

例えば、災害に遭《あ》い、定員いっぱいの救命ボートに何人かが乗ろうとした時、譲ることはできるだろうか。できる、と言いたいですが、極限の状態で果たしてそれは可能か。生死が関わる場面での人間の振る舞いというものを、私は幼い頃につぶさに見てしまいましたから、善なるものが必ずしも勝つわけではないということを、実感として知っています。

「君子《くんし》の交《まじ》わりは淡《あわ》きこと水の如《ごと》し」という荘子《そうじ》の言葉がありますが、これは単に、人間嫌いでクールだということではないと思います。人間関係を大切に思うからこそ、距離を置くということでしょう。

これからの時代、この距離を置く、ということがますます難しい。SNSの普及は、これまでの人間関係とは違う形のつながりをつくりだしました。

少し前なら通り過ぎるだけだったはずの人と、SNSを通じてつながり続ける。知らない人の、個人的な感情をいつの間にか共有してしまっている。こうしたことは、いい面ももちろんあるでしょうけれども、事故のようなことも起こるでしょう。物理的な距離感だけで考えればよかった時代とは、明らかに違う次元に在るということを、改めて自覚しないと、大変なことになるのではないかと感じています。

新しいパターンの人間関係においても、適切な距離感を摑《つか》む必要がある。

無暗な衝突をしない距離感を自得しましょう。

暗《あん》愁《しゅう》とともに生きる

何か原因があるわけでもなく、憂鬱《ゆううつ》に囚《とら》われてしまうことがあります。私自身は、幼い頃からのことですが、一般的には歳を重ねれば重ねるほどその傾向が高まるようです。疲れているからと言ってしまえば、それもそうなのでしょうけれども、そんなに単純なものではない気がします。何とも言い難《がた》い、暗い気持ち、一言で言うと「暗愁」と表現したいような、そんな気持ちなのです。

「暗愁」は、今でこそ聞きなれないかもしれませんが、明治の頃にはずいぶん使われたそうで、漱石《そうせき》や鷗外《おうがい》といった文豪たちの詩にもよく登場する言葉です。

ロシア語に「トスカ」という言葉があります。発音は「タスカー」となります。二葉亭四迷《ふたばていしめい》は、ゴーリキーの中編小説『トスカ』を「ふさぎの虫」と訳しましたが、「暗愁」と訳しても間違いはない気がします。

暗愁は、これといった具体的な原因のある愁《うれ》いではなく、もっと根源的な、人間の不条理から生ずる暗澹《あんたん》たる憂鬱とでも言えるでしょうか。

私は、トスカや暗愁という言葉を知る前から、このような得体のしれない感情とともに生きてきました。困ったことに、この「暗愁」は、決してなくならないのです。二葉亭四迷が「ふさぎの虫」と生きもののように喩《たと》えたのは、さすがだと思います。こころのずいぶん奥の部分に、影のようにいつも佇《たたず》んでいる——時に影が濃くなることもあれば、薄くなることもありますが、それでもなくなることはない、そんな感じがするのです。

この「暗愁」は、人間の感情の中でも、最も根源的なものかもしれません。人は、この暗愁を覚える時、自己の存在に、素手で触《ふ》れているのではないかと思います。あるいは、自己の存在が、私たちの魂に触れていると言えるかもしれません。

楽しい、嬉しいといった感情とは違って、最も深く重たい感覚のように思います。私たちの存在や魂の根源に響くような、手ごたえのある感覚なのです。

いろいろなところで書いていますから、皆さんもよくご存じだと思いますが、私はうつ気質の人間です。深刻なうつ状態におちいり、死を考えたことも何度もあります。そのたびに、自分の感情をノートに書いてみたり、様々な方法を工夫しながら、うつ状態から脱してきました。しかしこの「暗愁」だけは、どんなことをしてもなくなりませんでした。そして性懲《しょうこ》りもなくふっと現れては、私が一番触《さわ》ってほしくないところをひと撫《な》でしていくのです。

この「暗愁」とも、ずいぶん長い付き合いになりました。近しい人が次々と鬼《き》籍《せき》に入る中、私は今も変わらずに原稿を書いています。私のこころのすぐそばに、いつも暗愁がある。そう考えると、この暗愁という重苦しい困った感情も、それほど嫌《いや》ではありません。ともに歩む存在として、大切なものかもしれないと思うようになりました。

暗い感情も、なくてはならない大切なもの。

生きるうえで必要なのは、明るい感情だけではありません。

悩み苦しむ時に、支えてくれるもの

暗愁について、もう少しお話ししましょう。二葉亭四迷が訳した『トスカ』では、人間のこころの中には「ふさぎの虫」という妙な虫が、生まれた瞬間から宿っていると言います。

この虫は、自分がいることを気づかれないように、こころの底にじっと身をひそめているのです。そして、その人の人生の危機に、ここぞとばかりに蠢《うごめ》きだして、その人の心臓にがぶりとかみつく。すると、毒液のようなものが体中に広がって、人は救いようのない暗澹たる気持ちに襲われ、二度と立ち上がることができない……。『トスカ』はそのような物語です。

この物語には強い共感を覚えます。この世界は、愛や希望だけで成り立っててはいない。むしろ愛や希望は貴重なのです。だから感動する。そんなことを言うから、私は暗いと言われてしまうのですが、しかし、人間のこころの奥底にはそんな虫がいると考えておかないと、生きていけないのではないか、と思うのです。

ふさぎの虫にかみつかれてしまった時、どうやって乗り越えたらいいのでしょう。そんな時には、「人間というのは愛すべきものなんだよ、信ずべきものなんだよ」と言ってくれる体験や物語が必要だと思うのです。

私自身、様々な形で人間不信におちいってきましたが、それでも自分には人間を信じる部分が残っている。実は、それは若い頃のある体験に根差しています。

その頃、まだ売春防止法が施行される前でしたので、売春が公認されていました。当時は「いっぱしの小説家になりたいなら、赤線《あかせん》から学校へ出てくるような根性がなきゃなれんぞ」、そんなことを言われたものです。赤線というのは、売春街のことです。当時の警察が、地図上に赤い線で囲っていた場所だから、そう呼ばれていました。

当時、私は貧しいアルバイト学生でした。アルバイト先に向かうには、麻薬でも何でも売っているようなマーケットを通り抜けなくてはなりません。ある日、仕事が終わって、急ぎ足で通り抜けようとした時、少女に声をかけられました。見るからに売春婦というか、すさんだ感じの少女でした。

その時、私はたまたま内ポケットに五千円持っていた。いつもなら通り過ぎるのに、なぜか二千五百円という約束で、一夜をともにすることにしたのです。その時、私はアルバイトで疲れ果てていました。いつの間にか朝までぐっすり寝てしまったのですが、起きたらもう少女はいなかった。

私はこの時、「やられた」と思いました。用心のために、内ポケットに入れておいた五千円は脱いだ靴下の中に隠しておいたのですが、彼女も慣れていますから、そんなことは気づいているでしょう。きっと全額持っていかれただろうと思って、靴下の中を見てみたら、なんと二千五百円残っていました。彼女は約束どおりのお金だけ取って、出ていったのでした。

それを見た時、私はアッと思いました。淪落《りんらく》の淵《ふち》にある人間でさえも、中にはちゃんとお釣りを置いていく人がいる。そう思って感動したのです。やばい相手だからと思って、靴下に五千円を隠した自分がとても卑怯《ひきょう》な、くだらない人間に思えました。

その後、いろんな局面で「信用してもいいのかな」と思える人間に出合うことがありましたが、決まってこの時のことを思い出すのです。

失敗してもいい、裏切られてもいいからと覚悟を決めて、相手を信用するほうへ一歩踏み出す時には、今でもあの少女のことを思い出します。

人間というのは、やはりどこかで信用しなくてはならない。どんなにひどいことをしていても、どこかに正直さ、律義《りちぎ》さが残っている。人間は、「悪いけどいい」「いいけど悪い」、その両方を持っている。その両面を見ていかなければ、真実は見えないものだと実感しました。

このような体験は、百冊の本を読むよりも大きく、こころの中に今も居座っています。お金で女性を買おうとする下劣な自分がいる。同時に、そんな男の相手を務めながら、律義に約束どおりの金額しか持っていかない女性がいる。

自分自身の愚かさを思うと何とも言えない気持ちになりますが、しかし、この体験が私の人間観に与えた影響はものすごく大きい。私は、この時の体験があるおかげで、最終的に人間とは信ずべきものだ、と思えている気がします。

人間の世界観をつくるものは、知識だけではないと、つくづく思います。むしろ、日々の生活の中で触れ合った人間とのささやかな出来事や体験が、人を育《はぐく》み、悩み苦しむこころを支えてくれる。だから、そういう体験をたくさん積み重ねていくことが、こころを励ます有効な方法なのではないでしょうか。

しかしだからと言って、体験が多ければいいというわけではありません。体験を感じるこころ、観察する眼を持つことが大切です。一見、毎日同じことを繰り返しているようでも、人との接触の中で、実は無限の体験をしているのです。そこを注意深く見ていくことが、とても大切なことだと思います。

ささやかな出来事が悩むこころを支えてくれる。

あなたにも、「人間とは信ずべきものだ」と思える体験や物語がきっとあるはずです。

寄りかからずに生きるということ

この新しい世界を生き抜くうえで、ますます大切になっていくのは、「自立」だと思います。

自立と言っても色々な側面があります。「人生百年」と言われて、皆さんが最も気になるのは経済面かもしれません。それと同様に、健康面も気になるでしょう。いずれの側面もシビアに考えざるを得ない問題ではありますが、私はそれ以上に、「こころの自立」が大切だと考えています。

そんなことを思う時に、必ず思い浮かぶのが、茨木《いばらき》のり子さんの「倚《よ》りかからず」という詩です。

もはや　できあいの思想には倚りかかりたくない
もはや　できあいの宗教には倚りかかりたくない
もはや　できあいの学問には倚りかかりたくない
もはや　いかなる権威にも倚りかかりたくはない
ながく生きて　心底学んだのはそれぐらい
じぶんの耳目《じもく》　じぶんの二本足のみで立っていて
なに不都合のことやある
倚りかかるとすれば　それは
椅子の背もたれだけ

（『茨木のり子詩集』〈岩波文庫〉より引用。改行箇所は編集部による）

私がこの詩と出合ったのは、六十七歳の時でした。それまでの無理がたたって、心身ともに絶不調だった時です。詩集が発表された当時、茨木さんは七十三歳だったそうですから、少し年上です。

この詩の言葉に、涸《か》れかけていた感性に、水を注がれたような気がしました。私たちは、無意識にいろんなものに寄りかかって生きています。「権威」はその最たるものでしょう。この国で最も権威があるのは、国家の言質《げんち》ですが、それを鵜呑《うの》みにしないほうがいい。

私は、これについて極めて苦い思い出があります。何度もお話ししていますから、ご存じの方も多いと思いますが、朝鮮半島から引き揚げてきた時に、権威が言っていたことが、すべてひっくり返る様を目《ま》の当たりにしたのです。

十三歳の私は、近い将来軍隊に入って祖国のために戦うことを夢見るような、軍国少年でした。「日本は神国《しんこく》だから負けない」という、今思えば夢物語のような言説も、そのまま信じていたのです。

天皇の玉音《ぎょくおん》放送で敗戦を知り、茫然自失《ぼうぜんじしつ》しましたが、そうなってもまだ当局の「治安は維持される。一般市民は軽挙妄動《けいきょもうどう》することなく現地にとどまるように」

というラジオ放送を信じました。

しかし、治安は維持されるどころか、進行してきたソ連軍にすべてを奪われて難民となりました。

その時の体験は、筆舌《ひつぜつ》に尽くし難い日々でしたが、この時痛感したことは、国家というのは、何でもできるのだということです。いざとなったら、国民のいのちを簡単に戦場に送る。悲惨な状況になるとわかっていても市民を放置する。放置というよりも、放棄と言ったほうがいいかもしれません。

なんてひどい、と思うと同時に、国とはそういうものなんだ、とも思いました。つまり、私たちも「信じる」ということで、国家にひたすら寄りかかって生きてきた。そこにそもそも危険があったのだと。私は以来、国に寄りかからないで生きていく覚悟を決めました。

とはいえ、国家の権威を否定しているわけではありません。海外に行く時にはパスポートによって私たちは保全されていますし、私もその傘の下にあります。

それは間違いなく国家の権威によるもので、恩恵に浴していることもまた事実なのです。

それでは、国・権威に寄りかからないとはどういうことかと言えば、耳ざわりが良くても、権威が言っていることを鵜呑みにしないということです。自分の感覚や勘を磨き、センサーにして生きていく。指し示されている方向ではない方法は何かないか、と自分の頭で考えてみるのです。

これが、私が考える、「こころの自立」です。任せてしまえば楽になるかもしれませんが、そこを踏みとどまって自分の頭で考えてみる。わからなければわからないでもいいと思います。自分自身で考えてみることが、何より大切なのではないでしょうか。

自立には、もう一つ大切なことがあります。少し方向が異なるので、「精神の自立」と言ってもいいかもしれません。そのことについて、次の項目でお話ししたいと思います。

寄りかからなくても生きていける
自分に気づく。

「こころの自立」とは、
どんな時も、自分自身で考えてみることです。

「精神の自立」について考えてみます

新しい世界を生きるために、実は最も切実なのは、この「精神の自立」ではないかと思います。「精神の自立」とは、自分なりの「死生観《しせいかん》」を持つということです。

第1章でお話ししたように、「死生観を持つ」とは、「自分なりの生きて死ぬ物語を持つ」ことだと、私は考えています。

この「自分なりに」という部分が大切です。つまり「どのように生きるか」はもちろんのこと、「どのように逝《い》くか」について、しっかりと自分の頭で、考えてみるということです。

「どのように生きるか」については、古今東西の文学や思想を学ぶ、味わうことで見出すことがあるかもしれません。しかし、「どのように逝くか」については難題です。このことを考えるには、やはり宗教的意識が必要になると思うのです。宗教と言うと、あやしいと敬遠する人もいるかもしれませんが、「死」に対処するためには、宗教に蓄《たくわ》えられている智慧《ちえ》が参考になるはずです。

伝統的に、宗教が負ってきた最大の役割は、「死後どうなるか」を語ることだったと言っていいでしょう。死後とは「あの世」、仏教的に言えば「後生《ごしょう》」です。

しかし、意外と思われるかもしれませんが、仏教の始祖である仏陀は、死後の世界については一切語りませんでした。仏陀は合理的で現実的な人でしたから、わからないことは語らなかったのではないかと思います。

「死後どうなるか」は、誰もわからないのです。言葉を語るのは、生ある人だけなのですから、当然と言えば当然です。死の経験のある人は、ひとりとしていないのですから。

とはいえ、死後の世界を知りたいと願うのも、当然の感情でしょう。目の前に事実として、死がある。近しいところで言えば、祖父母、父母、連れ合いやきょうだい、友人が死に向かう。この「死」の後は、いったいどうなってしまうのか。そして自分自身は……。見送りながら、そう考えるのは当然ではないでしょうか。

そこで、「死後どうなるか」という物語を考えてみる必要があるように思います。

死と同時に無になると考えてもいいし、大いなるものに還っていくと考えてもいい。あるいは、伝統的な宗教が示す世界観――天国や極楽浄土《ごくらくじょうど》に生まれ変わると考えてもいいでしょう。宗教の中にはそのような物語がたくさんありますから、それを見比べてもいいかもしれません。あるいは、それを大切な人と話してみることもいいと思います。様々な形で、「死」について語り合うことが、今とても必要な気がするのです。

死について考え、語り合うこと。

「精神の自立」とは、自分なりの死生観を持つということです。

第4章

変わりゆく自分を楽しむ

その年齢ならではの自分

人生は一般的には、定年を迎える六十歳頃を区切りとして、前半生、後半生と二分して考えられていると思います。しかし、新しい世界ではこの分け方では、大まかすぎるのではないでしょうか。

せっかくですから、いろんな方法で分けて考えてみてもいいと思います。角度を変えて人生を見てみることも、この長い時間を楽しむ工夫です。

私は、これまでにも、学生期《がくしょう》、家住期《かじゅう》、林住期《りんじゅう》、遊行期《ゆぎょう》というインド古来の考え方で人生を分けてみたり、前述したように、中国の考え方を取り入れて、四つの季節で考えてみたり、いろいろ工夫して人生をとらえようとしてきました。最近ではそれに加えて、人生には三つの「生」があると考えてみるのも面白いかな、と思っています。

ボーヴォワールの『第二の性』ではありませんが、「第三の生」の期間です。三十歳くらいまでを「第一の生」、三十歳から六十歳までを「第二の生」、そして六十歳以降を「第三の生」として考えるのです。

つまり人生には三つの〝時代〟があると考える。若年期は「第一の生」、壮年期は「第二の生」、老年期は「第三の生」。この三段構えです。特に人生論や宗教論、哲学や思想、芸術などの文化面においては、三段構えで考えていったほうがいいように思います。

文学にしても、若い人、壮年期の人、老年者、それぞれ感動するものは違うでしょう。例えば、八十七歳になって、ゲーテの『若きウェルテルの悩み』を今読むと、ウェルテル君よ、何を言ってるんだと思ってしまう人もいるでしょう。若い頃には感動したはずなのに、正直言って今はまともには読めません。一方、『方丈記《ほうじょうき》』などはグッときます。

「ゆく河の流れは絶えずして、しかももとの水にあらず。よどみに浮《うか》ぶうたかたは、かつ消え、かつ結びて、久しくとどまりたるためしなし。世の中にある人と栖《すみか》と、またかくのごとし」

名文だと思いますが、これなどは、ある程度人生経験があり、荒波を越えてこそわかる心境ではないでしょうか。「第一の生」で青春を謳歌《おうか》している人には、この描写が胸に迫ってくるというのは、なかなかむずかしいのではないかと思います。

ひとりの人の人生に、三つの時代があると考える。その時代ごとに感動することも、考え方も変わっていく、変化していくということです。

ですから、昔読んだ本を繰り返し読むと、その変化が感じられてとても面白い。昔わからなかったことが見えてきたり、昔は感動しなかった部分で感動することもあります。同じものを読んでいるはずなのに、刻一刻《こくいっこく》と変化している自分がいる。そんなことに気づくだけで、妙に嬉しい。つくづく人間とは面白いものだと思います。

変わりゆく自分を楽しもう。

苦手だったものも、好きになったりします。
そんな変化を発見していきましょう。

信仰や思想が変わってもおかしくない

人生の変化を、三段構えで考えてみますと、ふと思い起こすのは、宗教が持つ《雰囲気》についてです。

妄想かもしれませんが、どうも宗教の雰囲気というのは、教祖、あるいは指導者が亡くなった年齢と何か関係があるように思うのです。

例えば、三十代半ばに亡くなったイエス・キリストの宗教は、若々しい。夢があり、愛があり、希望があって、情熱的な雰囲気があるように思います。

一方、イスラム教は、もっと落ち着いていて、社会人の宗教といった感じがする。教祖のムハンマドは、六十代前半に亡くなったそうですが、隊商交易に従事し、アラビア各地の遊牧部族を率いていたと伝わっています。ヒューマンで、かつ社会を生きる規範のような成熟した雰囲気があります。

仏教の教祖・仏陀《ぶつだ》の死は八十歳です。仏教が持つ雰囲気は、さらに落ち着いて、枯れているというか、老年の宗教といった感じがします。

仏教の中でも、浄土宗《じょうどしゅう》の宗祖・法然《ほうねん》は八十歳、浄土真宗《しんしゅう》の宗祖・親鸞《しんらん》は九十歳まで生きています。同じ鎌倉時代を生きた日蓮《にちれん》は六十代、道元《どうげん》は五十代で亡くなっていますが、やはり宗祖の年代の雰囲気がよく出ている感じがする。日蓮も道元も壮年期の苛烈《かれつ》さというか厳しさがあるような気がします。対して長命だった法然と親鸞は酸《す》いも甘いもではありませんが、年月を越えて乗り越えた者の鷹揚《おうよう》さのようなものがある。人生後半に対する考えは格別に深いのではないかと思うのですが、それは当然かもしれません。自分で歳《とし》を重ねてわかりましたが、人は実際に老《お》いてみないとわからないことが多いからです。

中でも長命だった親鸞は、年代によっても言っていることが多少違ったり、正反対のことを言っていたりするのです。それを「対機説法《たいきせっぽう》」――相手の立場に合わせて説法をしていると言う人がいますが、私は違うと思う。

相手に合わせて説《と》いたのではなく、その時その時に、親鸞の思想が変化していったからだろうと思うのです。人間とは、必ず変化するものです。しかし、変化しつつも、一貫しているものはある。この相反するような二つを同時に見ていかないと、その人の思想というのはなかなかとらえきれないものかもしれません。

親鸞の思想は、ますます身に沁《し》みて参考になるだろうと感じていますが、それは、親鸞が九十年という長い時を生きた人だということも大きいのです。歳を重ねるごとに、変化していく親鸞の姿には、共感を覚えずにはいられません。

無責任だとお叱《しか》りを受けてしまうかもしれませんが、信仰や思想というのは、段階ごとに変えてもいいのではないかと思います。その時にならないとわからない心境というものがある。だからその時々の、こころが欲《ほっ》するものを求めていくほかない。この長い時間を主体的に歩んでいくためには、変化し続ける自分を認めるということは、特に必要なことのような気がしているのです。

変化し続ける自分が
その時欲するものを
求めていく。

変わらない部分も、変化する部分もある。
その両方を認めていきましょう。

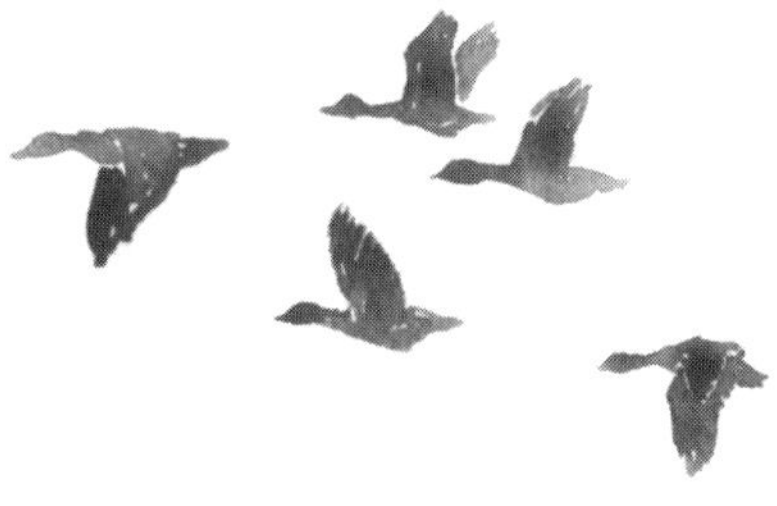

低成長期は高成熟の時代

人間の一生が、年齢を重ねるごとに変化していくように、国も変わっていきます。成長期もあれば、停滞期や成熟期もあるのです。

第2章でもお話ししましたが、私は人生を登山に喩《たと》えて、前半生を「登山」、後半生は「下山」と考えていますが、日本という国も、その喩えで言えば、今は下山期にあると思います。

私は、下山期とは「低成長・高成熟期」だと考えています。確かに、登山期――成長期は、何か晴れやかで上向きで、希望や夢を抱《いだ》きやすい雰囲気です。一方下山期は、最終ゴールに向かってただ歩いていくような、下向きのイメージかもしれない。しかし下山期には下山期の、しみじみとした良さがあるのではないでしょうか。例えば、最近は江戸時代の社会や文化を見直そうといった動きがありますが、この江戸時代の日本こそ、低成長・高成熟の社会だったと思います。江戸時代というのは、大きな戦争もなく、人口も約三千万人で大きな増減はなく、平和のうちに文明が成熟していった時期でした。それが百年どころか二百五十年も続いたのです。今私たちが「いかにも日本文化だ」と思っているほとんどのことが、江戸時代の文物です。

江戸時代の江戸は、中期頃には人口が百万を超え、世界的に見ても最大級の都市でした。識字率《しきじ》も大変高かった。幕末に日本を訪れた欧米の旅行者たちの手記などに、子どもや女性も含めた庶民でも文字が読めることに驚いた、と書かれています。

人口減少・低成長の将来に、危機感を覚える人は多くいますし、悲観的にとらえようとすれば、いくらでもそんな未来を想像できるでしょう。しかし、悲観するばかりではもったいない。かつて日本が謳歌した江戸文化を思うと、そこまでマイナスにとらえなくてもいいのではないかと思います。

安定した社会の中で文化は成熟していきます。日本もまた、そういう社会に移行すると考えると、悪くないと思います。どうなっていくか楽しみです。

人もまたそうです。若い頃にしかない良さがあるように、その時その時の良さが必ずあります。若い人向けの服を無理に着るよりも、年齢に合ったできる限り上質なものを身に着けるほうがいいような気がします。私が若い頃には、仕立てのいいスーツを着た紳士が懐中《かいちゅう》時計をとりだす所作《しょさ》に憧れたものでしたが、あれこそまさしく成熟の境地でしょう。若い人が同じことをしても、あの風格には及びません。

「アンチ・エイジング」ではなく、「ナチュラル・エイジング」。加齢は自然なことなのに、抗《アンチ》してもしょうがない。抗《あらが》うよりも、変化していく自分に最も合う方法や楽しみを見つけていく。それが一番だと思うのですが。

「アンチ・エイジング」ではなく、「ナチュラル・エイジング」。

低成長・成熟期の社会ならではの美や文化を楽しみましょう。

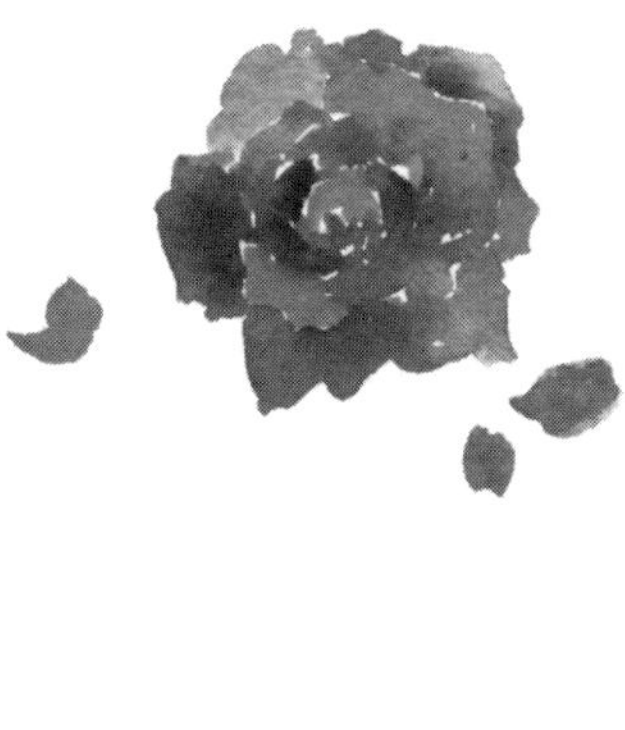

逆説的引きこもりのススメ

このところ孤独についての取材や講演依頼がひっきりなしです。あまりに多いので、「私は作家であって、孤独の専門家ではないんだけどなあ」とぼやいたら、若い編集者に大笑いされました。

繰り返しになりますが、私は孤独を悪いこととは思いません。ですから、孤独の厳しさというのはもちろんあるけれども、良さもちゃんとあるんだといったことをお話しするのですが、なかなかうまく届かない。

取材や講演で出合う皆さんの質問内容や反応を通じて、私たちの社会が、「孤独」は悪いこと、怖いことだという固定概念で動いているのだということを、改めて痛感させられることが少なくありません。

とにかくひとりにならないように、無理をしてでも社会的活動に参加をしよう、させようというのが今の大きな風潮です。

先日も、高齢者にとって大切なものは「キョウイク」と「キョウヨウ」だと聞いて戸惑いました。「キョウイク」とは「今日、行くところ」、「キョウヨウ」とは「今日、用事がある」ということなのだそうです。

つまり、今日行くところがあり、今日やることがあるということが、心身を健康に保つ秘訣だということです。家の中で読書をしたりテレビを見たりするだけでは、引きこもりか、老人性うつ症状と疑われてしまうという。私はこれを聞いて、思わずうなってしまいました。何とも言えない息苦しさを感じてしまったのです。

自分の身に置き換えてみますと、仕事を続けている身ですから、そういう意味では社会との接点はあるほうだと思います。しかしいずれにせよ、私は自分は孤独であると考えて生きてきました。実際、人生をかえりみると、確かに前半の五十年は、孤独であることのマイナスはあったかもしれないと思いますが、後半に入ってからの三十六年で考えると、マイナスは特に思いつかないのです。

ですから私は、社会の空気や風潮に踊らされて、高齢者を外出させるだけでなく、孤独を味わうという選択肢があってもいいのではないかと思います。

もちろん、前述したように「孤立」状態は好ましくない。その線引きは、必要かもしれません。しかし、私のように生来孤独を好む人にとっては、「キョウイク」「キョウヨウ」といったキャンペーンは苦痛でしかない。

結局、個々の居心地が大切ということです。ですから、「こうせねばならぬ」ではなく、老年期の過ごし方についても、もっと選ぶ余地をつくったほうがいいのではないかと思います。この点でも、これまでの方法では――単純な選択肢では、足りないということでしょう。今後、多様な選択肢が出てくることを期待しています。

その人らしく生きられることが、一番いい。

年齢にかかわらず、
自分がどう在《あ》りたいかが大切です。

諦める力は、最も大切な能力の一つ

「変化し続ける自分を認める」ということを、別の側面で言えば「諦める」という言葉でも表現できると思います。

私はこの「諦める」を、後ろ向きな意味ではなく、「明らかに究《きわ》めること」と考え、「賢さ」の一つではないかと考えてきました。

「諦める」という行動は、客観的な判断力がなければできません。自分の能力を現実的・客観的に見て明らかにし、やらないほうがいいと見究める。

そして、感情ではどうしてもやりたいことを、あえてやめるということですから、決断力が必要です。決して「弱いこころ」ではできない。これを、単に決断力と言うと、ちょっとさっぱりしすぎるかもしれません。同時に、「執着《しゅうちゃく》を手放す境地」にあると言ったほうがいいかもしれない。

歳を重ねると、これまでしてきたことを「諦める」――手放すことを検討したほうがいい時がたびたびやってきます。その最たるものに車の運転があります。私も六十歳を少し超えた時分に、運転をやめました。若い頃には自分のチームを持つほど車が大好きでしたから、つらい決断でした。

正直言って、大好きだったことをやめるというのは、切ないことです。私もしばらくは、運転しなくなった車のボンネットを開けてエンジン回りをいじったりしていました。運転をしなくても、車に触《さわ》ると少し気持ちが落ち着く気がしたのですが、間もなくその峠《とうげ》は越えました。

今振り返ると、あの時そう決断した自分に、私は満足しています。我ながらあれほど好きだったものをよくやめられた――そう思います。今思い返すと、あの時は、自分の執着心との戦いでした。

もちろん、車の運転は趣味ではなく生活で必要だという人も多いでしょう。地方ではスーパーに行くにも、診療所に行くにも、車がなくてはどうにもならない所もあるはずです。ですから一概には言えませんが、しかし、一般的には七十五歳くらいが限界ではないかと思います。最近では、特に高齢者による事故が目立ってきましたが、ほとんどが誤操作によるものです。これから技術が進んで、法整備も整えば、自動運転の車に乗ることもできると思いますが、いずれにせよ、「諦める」力がますます問われることになるでしょう。

人生百年時代では、運転だけではなく、様々な場面で、「諦める」力が求められます。そして、この新しい世界では、「諦める」ということを、積極的に評価していく必要がある。それができる人に敬意を払う、そんな感覚を、社会で共有できたらいいと思います。

執着を手放して
自分を自由にする力。

諦めることは、
変化する自分を認めるということです。

私たちの本質は「ホモ・モーベンス（動く人）」

老いを考えた時、多くの人が恐れるだろうことの一つに、認知症があります。ガンや他の病気と違うのは、「いのちを失う恐怖」ではなく、「自分を失う恐怖」があるという点ではないでしょうか。自分のことも、大切な人のことも忘れてしまう。一瞬前のこともわからなくなり、人格すら変わってしまう。仕方がないこととは思っても、やはり怖いことです。

ずいぶん前になりますが、ある臨床医の本に、「徘徊《はいかい》」を嫌《いや》なもの、情けないものと考えるのは間違っているのではないかという趣旨の言葉がありました。私はその本を読んで、腑《ふ》に落ちるような気がしました。「徘徊」というのはひょっとして、ふだん私たちを縛っている理性や常識などから自由になった人間の本質的な行動なのではないかと思ったからです。

徘徊しようとする人を部屋に閉じ込めると、怪我《けが》をしようと、なんとかして外に出ようとすると言います。その熱情はいったいどこから来るのでしょう。やはりそれは、人間の本質が発する衝動のようなものではないでしょうか。

私自身、ホモ・モーベンス（動く人）と自称してきましたが、ホモ・サピエンスとは、本来ホモ・モーベンスなのではないかと思います。直立歩行を始めた時代から野山を歩いたり、徘徊したり、移動するという行動様式を持っていました。それはホモ・サピエンスがとった生存戦略だろうと思いますが、そのように動き回る姿が、人間本来の生き方のような気がするのです。

だから、歳を重ね、認知症などによって、常識のたがが外《はず》れた時、一気に表に現れて、「徘徊」となっているのではないか、と想像したのです。

そう考えますと、「徘徊」は、情けないものなどではないなと思います。以前知人から、老父が見つからなくて途方に暮れたが、結局三十キロも先の隣町で歩いているところを発見した、という話を聞きました。

もちろん探す家族は大変ですし、安全面では非常に心配な状況です。しかし一方で、その脚力の確かさに驚きました。生命力とでも言いましょうか……。しがらみや常識を取っ払った、生きものとしての強靭《きょうじん》さを感じて、感心してしまいました。

認知症は、徘徊以外にも様々な症状があり、自分が……と思うと、不安を感じるのも当然です。しかし、その不安は、家族や周囲の人に負担を追わせてしまうと申し訳ない、という気づかいの要素が大きいのではないでしょうか。

しかし、誰の手も借りずに生きている人などいません。人は生まれてきた以上、必ず誰かに頼り支えられて生きている。申し訳ないと思う気持ちもわかりますが、あまり気に病《や》んでも仕方がない。人が生まれて死んでいくということはそういうことなのではないかと、自分のことは自力でなんとかしたいと思う責任感を、それこそ諦めて、手放してもいいのではないでしょうか。

支え、支えられて
生きていけばいい。

子どもの頃と同じように、死ぬ前のしばらくは
誰かに支えてもらってもいいのです。

体の声「身体語」に耳を傾ける

人は、人生の後半期になると、「人生とは何か」「これまでの人生に意味はあったのか」「これからの人生をどう生きるのか」といった人生の大命題に相対し、自問することになります。

しかし、人生後半の問題点はこのようにやや高尚《こうしょう》な、精神的な疑問だけではありません。「なぜおしっこが近くなるのか」「夜中に眠れないのはなぜか」「どうして物事をすぐ忘れてしまうのか」「膝《ひざ》が痛い」などなど、挙げればきりがないほど、フィジカル面での悩みと相対することになります。

私自身、二年ほど前から、左足が痛くて歩くのがつらくなってきました。いくらでも歩けることが私の自慢でしたから、正直言って、この痛みにはがっかりさせられています。

初めは筋肉痛のようで、やがて和《やわ》らぐだろうと高をくくっていたのですが、痛みは増す一方です。痛みが移動したりして、特定の場所だけが痛むというのでもない。これまでに経験したことのない痛みです。

老化による症状だということはもちろんわかっていますが、何より、この痛みの原因を知りたいと思いました。そしてまず難しいだろうけれども、万が一にも痛みが和らぎはしないだろうかと思い、病院に行くことを決意しました。

「ついに軍門にくだるか」。思わずそうぼやいてしまいましたが、これは、ここからの言葉なのです。約七十年の間、私は歯科や眼科以外、ほとんど病院にかからずに過ごしてきました。私が健康だったからというわけではありません。子どもの頃から腺病質《せんびょうしつ》で、どの年代でも何かしら不具合を抱《かか》えていましたが、病院に行かずに、どうにか「治《おさ》めて」きたのです。

中には、病院に行ったら深刻なことを言われるだろうな、という症状もありましたが、自己流の養生《ようじょう》でもって大丈夫ということにしてしまいました。運も良かったんでしょうが、苦し紛れで編み出した私の養生法も、何かしら意味があったのではないかと思います。

私は、病気とは「治《なお》す」ものではなく、「治《おさ》める」ものだと考えてきました。薬や治療によって、その症状がなくなったとしても、それは「治《おさ》まった」のであって、根本的に「治《なお》る」ことはない。つまり、治《なお》すことを目指すのではなく、治《おさ》める方法を探すしかない、と考えてきたのです。

だから私は日常の中でありとあらゆる工夫を試みてきました。その時に編み出し、私の養生法の基本となったのが、「体の声に耳を傾ける」ということです。「おなかがすく」「体がだるい」「痛み」「痒《かゆ》み」「痺《しび》れ」――そのようなシグナルを体が発する声なき言葉ととらえて「身体語」と名付けました。

例えば、若い頃、深刻な偏頭痛《へんずつう》に悩まされていました。一度偏頭痛になってしまうと、七転八倒《しちてんばっとう》の苦しみが二ヶ月ほど続きます。鎮痛薬を飲んでも吐いてしまうし、ほとほと困り果てていました。しかしある時、偏頭痛が始まる前に、決まって小さな現象が起こることに気づきました。私はその現象を身体語ととらえて、その痛みにいたるまでの体の変化をよく観察してみることにしたのです。

私の体が、何かを語りかけている――そう考えて自分の体に何が起こるのかを意識するようにすると、実は、様々な現象が起こっていることに気づきました。上瞼《うわまぶた》が重く感じられる、唾液《だえき》が濃くなって口の中がねばねばする……といった微妙な不快感です。このような現象が起きると、五〜六時間後に頭痛がやってくる。そして、偏頭痛になってしまうともうどうにもなりません。ポイントは、その身体語をキャッチした時点で、素早く対処するということです。

ですから、これらの身体語をキャッチすると、慌《あわ》てて予定を調整し変更します。風呂には入らない、アルコールは摂《と》らない、編集者に相談し、時間を猶予《ゆうよ》してもらう……。小さなことですが、このように工夫を重ねたところ、少しずつ偏頭痛も治めることができるようになりました。その一つ一つを積み重ねることで、痛みにいたる道筋を進まないように、調整できるのです。

以来私は、できる限り「身体語」に耳を傾けてきました。しかし経験値が蓄積できるものと、そうでないものがあります。年齢を重ねれば重ねるほど、新体験の身体語が発生してくるのですから。

今回の脚痛はその最たるものです。結局、私の脚痛には「変形性股関節症《こかんせつ》」という病名が付きました。鎮痛薬で多少痛みを和らげることはできても、根治はしないとの診断でした。想像どおりの結果でしたが、淡い期待を抱かないわけではなかったのでがっくりしてしまいました。しかし、今回の脚痛も、どうにか治める道を探っていきたいと思います。

痛みのようなフィジカルな不調は、こころを萎《な》えさせます。うんざりして、投げやりな気持ちになりますが、痛みにこころまで持っていかれることは回避したい。自分の体に起こる現象を「身体語」としてとらえることは、痛みや苦しみから、少しだけ距離を置くための工夫の一つでもあるのです。

日々発生し続ける新しい身体語を聞き逃《のが》さずに。

一日一日変化していく体。
体が発するシグナルに耳を傾けましょう。

介護と自分の幸せとのバランス

超高齢化社会を思うと、介護について語らないわけにはいきません。私は、両親ともに早くに亡くしていますから、介護の経験がありません。また私自身も今のところ介護してもらう必要はありませんので、どうしても、視点が介護する側になり、若い世代に同情的になってしまいます。

私の周りでも、介護で心身をすり減らし、壊れかけている例をいくつも見ています。疲れ果てた彼らの顔を見ていると、果たしてこれは正しいことなのかと思わざるを得ません。

先日も、長く担当してくれている編集者が、疲れ果てた顔で打ち合わせにやってきました。いつも時間を厳守し、身だしなみを気にする彼が、ぼさぼさの頭にくたびれたブレザーを着て、打ち合わせの時間に少し遅れて駆け込んできた時には、正直言って、何が起こったんだと思いました。聞いてみると、地方に住む両親に認知症の症状が出てしまい、東京から通って介護をしているとのことでした。

このような生活に疲れ果てて、介護離職を考えてしまう人がいるのはとてもよくわかる、と彼は言っていました。これまで一緒に仕事をしてきて、どんな難局でもタフに乗り越えてきた人だと知っているだけに、その言葉が重く響きました。それほどつらいのだと。

それにしても、どこまで尽くせばいいのか。自分の生活も肉体も精神も壊してまで、肉親とはいえ他者に尽くすことは、やはり、何か不健全な気がしてしまいます。

これからの人生百年時代では、介護問題は容赦《ようしゃ》なくやってくる現実です。仕事をとるか、介護をとるか。そんなシビアな選択をしなければならない場面がやってくる可能性はかなり高いと考えておいたほうがいいでしょう。

そのためにも、自分の下山の道のりを、この問題を含めて、一度考えてみましょう。無責任と言われようと、両手を挙げて助けを求めるほうがいい時が来るかもしれない。その時に、必要以上に苦しむことがないように、覚悟を決めておく必要があるように思います。

両親を見送った後も、あるいは伴侶《はんりょ》を見送った後も、人生は続いていくのです。

見送った後、人生が立ち行かないようなことになってしまうのは、悲劇でしかありません。しかし、今のままいくと、そのような苦しみに沈んでしまう人は、とても多いのではないかと危惧《きぐ》しています。

だからこそあえて言いたいのは、誰かに尽くすためだけに生きないでほしいということです。その大切な誰かと同じくらい、自分自身のことも、自身の幸せについても、思いを残しておいてほしいと思います。

大切な人と同じくらい、自分のことも大切に思う。

誰かのために尽くせることは素晴らしい。
しかし、自分の幸せも忘れずにいましょう。

十年ごとに人生を生き直す

自分自身が本当に百歳まで生きるかどうかはわかりませんが、その可能性が増していることは間違いありません。

会社勤めの人ならば、六十歳か六十五歳でリタイアした後のことについて、何となく不安に感じるでしょう。メディアも、老年期の貧困問題や孤独死の問題など、悲惨な未来を喚起《かんき》させるような報道でありますから、不安に感じるのも当然です。

だからと言って、いろいろ考えて十分に準備したにもかかわらず、想像もしていなかった不運に見舞われる可能性もありますから、つくづく一概には言えません。

不条理で、不確か――それが人生というものです。であるならば、できる限り楽しむほかないでしょう。

そこで私は、目いっぱい楽しむための一つの工夫として、人生を様々な方法で区切って考えてきました。一三八ページでもお話ししましたが、視座を変えて、人生を俯瞰《ふかん》することで、人生の意味や味わいを見出《みいだ》そうと工夫してきたのです。

本項ではさらにもう一つ。「十年ごとに人生を生き直す」と考える方法をお話しします。五十歳以降の五十年を、十年ごとに生き直すようなつもりで、テーマのようなものを決めてみるのです。この方法は、かなり現実的な手法なので、皆さんも設定しやすいかもしれません。

まず五十歳からの十年は設定変更の期間です。後半生への離陸までの助走期間と言ってもいいでしょう。ここから「下山の時代」に入り、それまでの作法ではうまくいかない世界に入りますから、思い切って設定を変えたほうがいい。一番大事なのは、下山の時代に入るという覚悟を持つことかもしれません。こころを準備する期間です。

そして、六十歳からいよいよ本格的に下山の時代、「白秋期《はくしゅう》」がスタートします。五十代の頃おぼろげにとらえていた老いの道が、現実として顕《あらわ》れてくるでしょう。この十年のテーマは「再起動」です。特に前半の五年で、それまでの色々なことをリセットしてみるといいと思います。自分のキャリアや功績、人間関係など、それまで積み上げてきたものを、思い切って手放してみるのです。

そして七十代は、黄金時代です。白秋期の中心は、およそこの十年にあると言っていいでしょう。人生で最も充実する十年です。中には、がっくりきてしまう人もいるかもしれませんが、私自身は、五十代から始まって六十代で苦しんだ心身の不調も治まって、安定した十年を過ごしました。

この十年は、それまでの人生の収穫期《ハーベストタイム》であると同時に、蓄《たくわ》えた力を解《と》き放ち、新しいことにチャレンジする時期でもあります。学び直すのもいいですし、やってみたいと思いながらそれまでやれなかったことをしてみる。うまくできるかどうか、上達できるかは気にしなくていい。ただ喜びのためにチャレンジするのです。

そして八十歳からは、自分に忠実に生きる時期です。詳しくは後述しますが、今、老いるということはそれだけで疎《うと》まれることもあります。しかし、そんな周囲の空気を感じて萎縮《いしゅく》し、遠慮しながら生きるというのは、違うと思うのです。それこそあえて嫌われることも覚悟で、マイペースに生きるほうがいい。

私も、若い頃から自分は自分、人は人と考えて、それを通してきたつもりではありますが、よく考えると、ずいぶん周りを気にしたり、それなりに気を使って生きてきました。ですから八十代に突入してからはより自分の直観に従い、世間の思惑に巻き込まれないよう、距離を置くよう心がけています。

そして九十代。私もまだわからない領域です。足は痛いし、体の不調も増す一方ですが、悲観はしていません。

確かにフィジカルでは思うようにいかないことが増えるでしょう。しかしその時に動く脳細胞をフルに活用して、思う存分妄想《もうそう》する楽しみを味わいたいと考えています。そして、懐かしい思い出を、記憶の棚から探してきて回想する。そんなことをしていたら、あっという間に時間は過ぎていくでしょう。

そんなふうに想像すると、ここで意識的に、「見えない世界」に軸足を移していきたいと思うのです。「見えない世界」とは、神仏の世界というか、幽冥《ゆうめい》の世界のこと。現実世界での自分の比率をだんだん減らしていきます。

理想を言えば、見えない世界への思いが八割、現実世界への思いが二割くらい。そしてだんだん見えない世界への思いを強めていって、最期《さいご》の瞬間は一〇〇パーセントの思いで、見えない世界へジャンプする。そして、生命の海へ還《かえ》るのです。

そんなふうにできたらいいと今は思っていますが、果たしてどうなることでしょう。

どの時も、いかに楽しむかが大切なこと。

十年ごとに違う人生を生きるようなつもりで、その時の今を楽しみましょう。

第5章

日々を少しだけ楽に生きる

嫌われる勇気とは

人生百年時代には、老人世代は尊敬されるどころか、嫌われる世代になってしまうのではないかと危惧《きぐ》しています。私は大変な事態になりうると感じ、『嫌老社会を超えて』という本を書きました。

「老人」は、もう弱者ではありません。人数も多い上に、年金生活と言いながら、若者よりも潤沢《じゅんたく》な生活費を持ち、高級車に乗り、美味《おい》しいものを食べている。

今の若い人たちは、車も家も買わないと、揶揄《やゆ》されることがあります。しかし、意図的に買わない人たちもいるかもしれませんが、買いたくても買う余裕がない人も多いのではないでしょうか。非正規雇用でローンが組めない。何年働いても、給料は変わらない。そればかりか、突然解雇されることもあれば、企業自体が倒産してしまうこともある。それを思えば、大きな買い物などする気も起こらないでしょう。そんな自分たちに対して、老人はいい生活をしている。車も家も持っている。これで嫌老感が起きないわけがないと思います。

それではどうしたらいいのかと考えてみても、決定的な解決策はなかなか思いつきません。しかし一つの案として、年金にしても社会保障費にしても、老人世代のことを若い世代に負担させるのではなくて、同じ世代の中で負担するようにしてはどうか、といったことを提言してみました。世代間闘争にしないためにも、自分たちのことは自分たちで処理することが最善ではないかと考えたからです。現実問題として、年金だけでは生活できない人も多くいます。そのような人たちを、同じ世代で支えていくようなことができないだろうか、と思うのです。

現状のままだと、年金が少ない人は、かなり高齢まで若い世代に交ざって働き続ける必要がある。私は、高齢者だからこそできる仕事というのもあると考えていますが、今のままですと、若い人に向いている体力が必要な仕事をすることが多いでしょう。そのような職場では、若い世代から疎《うと》まれるということも、想像に難《かた》くありません。

また、思うようにならない体を抱《かか》え、身を小さくして働く老人世代を想像して、憂鬱《ゆううつ》な気持ちになってしまいます。つくづく、老人と若者という構造と概念にも、大きなシフトチェンジが必要だと思います。

よく考えてみたら、努力ではどうにもならない部分で嫌われてしまうということには、どうにも策はありません。にもかかわらず、嫌われたくないと考えて萎縮すると、結局、自分に負荷がかかるばかりです。

数年前に、『嫌われる勇気』という本がベストセラーになりましたが、どんな年齢であろうとも、「嫌われる勇気」を持つことは意味があるように思います。嫌われる勇気とは、静かに自分を貫く「こころの強さ」を意味しているのではないかと思うのです。

調和を考えながらも、自分を大切に考える。

自分自身の平安を守るのは、
あなた自身しかいません。

生きるのが楽になる「杖《つえ》ことば」

私はこのところ、古いことわざや格言の有り難さを、しみじみと感じています。信念や思想のように大それたものではなく、耳にタコができるくらい聞きなれた言葉が大事なものに思えて仕方ないのです。

例えば、「急がば回れ」「継続は力なり」、そんな言葉です。なんてことはない聞きなれた言葉で、若い頃には、語呂がいい、調子がいい、その程度にしか思っていなかったような気がしますが、最近はその言葉の奥にある深い意味が妙に身に沁《し》みるのです。

そう思って、これまでのことを思い返せば、私自身もうだめだと思った時に、いくつかの言葉に救われてきました。崩れ落ちそうな時、しゃがみ込んでしまいそうな時に支えてくれて、もう一歩歩み出してみようか、そう思わせてくれる言葉。そのような言葉を「杖ことば」という言い方があると知り、なるほどと思いました。

「杖」は持ち手のある一本の棒にすぎません。動力もない、何か特別なことをしてくれるものでもない。しかし、よろけた時、疲れて立っていられないような時に、確かに支えてくれます。なるほど、確かにその「杖」のような役割を果たしてくれる言葉というものはあるな、と思ったのです。

ですから、有名なことわざや格言、あるいは偉人の言葉や小説に登場する名文句、そのような言葉でもいいですし、もっと身近な——肉親や友人の言葉、自分が呟《つぶや》いた言葉でもいい。何か自分にとって支えになる言葉を探してみるといいと思います。

私の「杖ことば」を思いついたら書き留めるようにしてみたところ、思ったよりもたくさんありました。例えば、「転ばぬ先の杖」「禍福《かふく》はあざなえる縄の如《ごと》し」「笑う門には福来《きた》る」。皆さんもよくご存じのありふれた言葉だと思います。しかし年齢を重ねると、この言葉の重みが実によく感じられるのです。

よく知られた言葉を、私なりに読みかえてみたりもしています。例えば、「人事を尽くして天命を待つ」という言葉。これを私は、「人事を尽くさんと思うは、これ天の命《めい》なり」と勝手な読み方をしました。「人事を尽くす」とは、全力を振り絞って、すべてやり尽くしたといった意味ですが、そもそも振り絞ってやろうと思えたのはなぜか？ と考えたのです。つまり、そう思えたこと自体が、天の命である。私はそれを「他力《たりき》」と呼んでいますが、その他力が背中を押してくれたからそう思えたのだ、そう読みたい、と私は思いました。私にとっては、そう思ったほうがしっくりきますし、また力強い気がするのです。

皆さんにも、そんな言葉はありませんか。難しく考えなくてもいい。「ありがとう」「おかげさま」、そんな短い言葉でもいいと思います。ぜひ、そんな言葉を探してみてください。

あなたの「杖ことば」を探してみよう。

あなたがつらい時に、
支えてくれる言葉がきっとあるはずです。

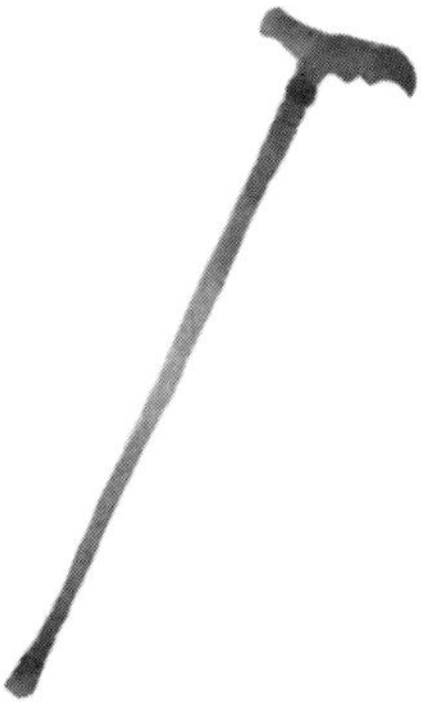

ちょっとしたことで面白がることにする

私は、五十歳を超えたあたりから、大きな面白いことを探すことをやめました。どうでもいいような小さなことで、面白がることに方向転換したのです。ガハハと大笑いするのではなく、くすりと笑うくらい。それでも日に三回は笑います。やはり笑顔というのはいいものだと思います。たとえ作り笑いでも、あったほうがいい。

歳《とし》を重ねるにつれ、喜怒哀楽を表現しなくなる傾向はあるでしょう。しかし、老年期こそ、表現をしていったほうがいいと思うのです。

全身から潑剌《はつらつ》とした雰囲気を醸《かも》し出している人というのは、とても若々しい。この若々しさというのは、若作りとはちょっと違います。内側からにじみ出る

「気」のようなものがあるのかもしれません。つまり、内面の充実度の違いではないかと思います。

そうした人に共通しているのは、表情の豊かさです。よく笑い、他の人の話に関心を持って、耳を傾ける。表情の豊かさというのは、見た感じだけのことではありません。静かな性格で、無口で言葉が少なくても、にじみ出る深い何か、というのもある。その深さは豊かさです。それこそが魅力的だと思われることの源ではないかと思います。

一方、若い頃は魅力的だったのに、歳を重ねてみたら、そうでもなくなっている人もいます。なぜだろうと思って見てみると、いつも険《けわ》しい顔をしているせいか、眉間《みけん》にしわが寄っています。あるいは誰かの言葉尻をとらえては、否定したり、皮肉ばかり言ってあまり笑わない。笑うとしても自分のことばかりで、独りよがりになってしまっている。

別にそれが悪いとは言いません。そのような生き方もあるでしょう。しかし、ちょっともったいないような気もします。シニカルな見方をしてもいいですが、時には、肩の力をぬいて、思い切りハードルを下げ、ちょっとしたことを面白がって、楽しんでもいいのではないでしょうか。

喫茶店で、一時間ほどひとりでお茶を飲んでいたとします。ある人は、コーヒーは飲んだけれども、何をしたわけでもなく、退屈な一時間だったと言う。一方ある人は、コーヒーも飲めたし、店員さんと常連さんのやり取りも面白かった、一時間ゆったりできた、そんなふうに言う。まったく同じ状況のはずなのに、ずいぶん差があるように思います。この差というのは、その時間をいかに楽しもうとしたかにあるでしょう。感情の触覚をいかに動かしたか、とも言えます。

歳を重ねるほどに、触角を意識的に動かすようにしてみるといいと思います。毎日毎日を積極的に味わおうとすることは、内面を豊かにする力の源になるはずです。

感情の触覚を意識的に動かすように。

存在としての若々しさは、
内面の豊かさからにじみでるもの。

「生き抜く力」の源になる知識を得る

よく歴史が苦手だと言う人がいます。ひょっとしたら、学生時代に暗記ばかりして嫌《いや》になってしまったのかもしれません。

しかし、それはちょっともったいないように思います。本来歴史を知ることは、私たちと同じように、過去にも必死に生きた人間がいたことを知ることです。そう考えると、決して遠い話ではない。時を超えて、今の私たちとも人としての接点があることに気づいてもらえるかもしれないと思うのです。

例えば、「逃散《ちょうさん》」という言葉があります。民衆が行った為政者に対する抵抗方法の一つです。「一揆《いっき》」は、為政者に対して民衆が鍬《くわ》や鋤《すき》を持って戦うことを言いますが、「逃散」は戦いません。戦わずに、村がまるごと他の国や藩に逃げてしまうことを言います。国の財政は年貢《ねんぐ》で成り立っていますから、それがなくなるのは困るわけです。ですから取り締まりも厳しいのですが、民衆もそれをかいくぐって、受け入れ先と交渉したり、準備を進めていきます。土地への愛着もあるでしょう。去りたいわけではないでしょうが、時と頭脳をかけて逃散という抵抗の手段をとった民衆の強《したた》かさと団結力に、私は感動と共感を覚えます。

一方、近現代史を知れば知るほど、日本や日本人というのはどうなんだと絶望してしまうようなことも多いのです。満州事変《まんしゅうじへん》以降の戦争の歴史を見ても、呆《あき》れてしまうようなことは山のようにあります。私自身、唾棄《だき》するような場面を見てきただけに、そんな近代史を知るにつれ、日本人としての自信を失いかけるのです。しかし、目を覆《おお》いたくなるような事実を知ると同時に、もう一つの知識として、ある無名の日本人が成し遂げた善行を知る、あるいは、自分自身が体験した人間への信頼感を思い出すことで、態勢を立て直して生き抜くことができるように思います。

私も、何度となく日本に、あるいは自分自身に対して絶望してきました。それでもこれまで生きてこられたのは、絶望感に襲われるたびに、それを克服する「特効薬」を持っていたからだと今はわかります。この特効薬は決まったものではありません。歴史の中を生きた人物のエピソードだったり、馬鹿馬鹿しいことがあったとふと思い出すことだったり、ある人が見せてくれた悲しみに満ちた微笑《ほほえ》みだったりするのですが、その瞬間に、私は不思議と救われてきました。

人間は生きていけばいくほど、様々な感情と出合うでしょう。慣れて少し楽になるような感情もあるかもしれませんが、何度出合っても、まったく慣れずに絶望を感じてしまうような感情もあります。

しかし、歴史を知る——多くの人の生き様や様々な考えや場面を知ると、自分の中に、幾重《いくえ》にも層が形成されていくのかもしれません。すると、自分でもよくわからないようなタイミングで、その層の中にある思いもよらないものが、特効薬になってくれることがあるのではないかと思います。

歴史を知るということは、こころのひだを増やすということ。

多様な生き様や考えを知ることが、絶望への特効薬になってくれます。

捨てるべきか、捨てざるべきか

仕事の手を休め、ふと部屋を眺《なが》めてみると、思わず溜息《ためいき》が漏《も》れます。たまりにたまった資料や原稿、毎日のように送られてくる献本の書籍や、掲載紙の類《たぐい》……。年に何回かは、少しでも減らそうと考えるのですが、結局うまくいきません。

十年ほど前に書いた『林住期《りんじゅうき》』という本で、それまでの人間関係や、溢《あふ》れかえるものを捨てることを提唱しましたが、相変わらず私の仕事部屋は紙の山です。

紙類は仕事柄しょうがないとも言えますが、自宅のほうは古い衣類や、捨てがたい思い出の品で溢れかえったまま……。少々言い訳めいていますが、多少は整理したり、捨てたりはしています。しかし、増える分に追いつかないのです。

とはいえ、「捨てる」ということは、単純なようで実に難しい。私たちは生きている限り、すべてを捨て去ることはできないのかもしれません。

かつて、「捨聖《すてひじり》」と呼ばれた人たちがいました。すべてを捨て去った念仏僧のことです。最も有名なのは、鎌倉時代の僧侶、一遍《いっぺん》でしょう。一遍は浄土宗《じょうどしゅう》に学び、のちに時宗《じしゅう》を開いた名僧ですが、世俗の一切を捨て、一つの寺にとどまることなく、各地を遊行《ゆぎょう》し、行く先々で念仏を説《と》きました。

しかし、一遍は、すべてを捨てたことで、皮肉にもたいへんな名声を得てしまいました。「捨て」というのは、「隠遁《いんとん》」を意味しますが、実は当時の世情で、「隠遁」は人々の憧れであり、ある意味、最先端文化だったのです。捨てたつもりが、新たな人気を集めてしまう。皮肉ですが、世の中というのは思うに任せないものです。

一遍のことを思うと、「捨てる」ということは、実に難しいと改めて思います。一遍ほどの仏教者でさえ、至難の業《わざ》ということです。私のような俗人にはすべてを捨て去るなど不可能でしょう。部屋のゴミくずを捨てることもできないのですから。

皆さんに捨てることをお勧めしながら、自分はこんなありさまかと情けない気持ちにもなるのですが、実は数年前に、「無理に捨てなくてもいいか」と開き直ってしまいました。というのも、ある程度の年齢になったら、思い出の中に暮らすということも、それはそれで大切なことではないかと思い始めたからです。

以前は、思い出も一種のゴミだ、思い出メタボになっても仕方ないと考えていましたが、思い出をそこまでないがしろにするのもどうだろう、と考え方が変わったのです。思い出ばかり追って、現在やこれからを楽しまないのはもったいないですが、過去を振り返って味わうことも、あっていいのではないか。

特に、八十歳くらいになると、体も思うようにならない時もあります。そんな時に、ひとり家の中で思い出に浸《ひた》るということもあっていいのではないでしょうか。

過去を振り返って、味わうこともあっていい。

捨てにくいと思うのは、
まだ人生に必要だからかもしれません。

よくしなう「こころと体」に整える

年齢にかかわらず、それぞれの世代で何かしら体の不調というのはあるものです。程度の違いや、その年代ならではの症状や病気はあるでしょうが、体の不調をまったく感じずに生きている人はいないでしょう。

病気の治療には「完治」という言葉がありますが、よくよく考えますと、「完治」などありえるのだろうか、と改めて思います。

例えば、ある日発熱して頭痛がする、どうも風邪《かぜ》をひいたらしい、となる。安静にして栄養のあるものを食べて寝ていたら三日で症状がなくなった。治《なお》ったと思ってほっとしていたけれども、その一ヶ月後に今度は喉《のど》が痛くなって発熱した……。これは「再発」しているとも言えますし、別の風邪とも言えるかもしれない。しかし私たちの体は連続して存在していて、因果《いんが》関係がまったくないとも言い切れません。出ている症状は何であれ、私の体に不調が起こっている、それだけは確かなことです。こういった場合、私は「体が萎《な》えている」と考えます。

昔の人はなんとも言えない憂鬱な気分に落ち込むことを「こころ萎えたり」と表現しました。これはこころが屈している、しなっている状態を言います。この「しなっている」ということは、裏を返せば簡単には折れないということでもあります。雪が降って、その重さに耐えきれず折れてしまうのは、しなうことのない大枝かもしれません。人間のこころもそれと同じです。強そうに見えるこころでも、柔軟にしなうことができなければ、ぽきりと折れてしまいます。しかしひ弱で一見頼りなくても、しなうこころであればそう簡単に折れたりしません。

体の不調も、この「しなっている状態」なのではないかと、ふと気づきました。確かに体の不調だけ見れば苦しいばかりですが、日々かかってくる様々な負荷や重圧を、屈し、しなうことによって体がしのごうとしているのではないか……。

歳を重ねれば重ねるほど、不調を感じる度合いは増していくでしょう。それは、こころや体がしなってくれている、そう思うといいように思います。

落ち込むこころも体の不調も、大切な生命《いのち》の働きなのだ、と考える。刻一刻《こくいっこく》と変わりゆく世界、変わりゆく自分の体。時にその変化についていけなくなって、つらくなることもあるかもしれません。しかし、それは生きていく中で自然なことです。真っ向から対立しなくていい。するりするりと不調をすり抜け、生きていく。そして、こころや体が発している言葉だと思って耳を傾け、降り積もる雪をしなって落とす枝になる。

つまり、「よくしなうこころと体」が理想です。

どんなに強い枝でもしなうことのない枝は折れてしまいます。人間のこころも体もそれと同じです。心身の苦しみや痛みなどの症状は、こころや体がしなっているから出ていると考えてみましょう。私たちにできることは「しなり方」を工夫することなのではないでしょうか。

私たちにできることは、「しなり方の工夫」。

嫌なこと、マイナスなことが起きても、
無理なくしなり、すり抜ける力を養いましょう。

健康情報との付き合い方

寿命がいくら延びても、肉体《フイジカル》がだめでは嬉しくないという人は多いと思います。病気と闘いながら長く生きるのは罰を受けるようなものだと、そんな気すらしてしまう。

いくら人生百年と言っても、人間の体が長期使用に耐えるように進化したわけではないのですから、あちこちにガタはきます。決定的な病気ではなくても、何かしらの不調を抱えながら生きていく人がほとんどでしょう。

そこで重要になってくるのは、やはり「情報」です。科学も日進月歩《にっしんげっぽ》で進化しています。さらに世界中の情報が、インターネットなどを通じてあっという間に拡散されますから、その気になれば、情報は際限なく取れる。あらゆるメディアから溢れ出る情報の中、それこそ何を選んだらいいのか途方に暮れますが、だからと言って、無視するわけにもいきません。

困ってしまうのは、各メディアの推奨する健康情報があまりにも錯綜《さくそう》していることです。

あるガン治療の有名医師は、乳製品はだめ、肉もだめで魚はいいと言っていました。しかし一方で、高齢者は肉を食べるほうがいい、というのが最近の趨勢《すうせい》ですし、乳製品は摂《と》ったほうがいい、というのもまた一般的な意見だと思います。塩分は摂らないほうがいいとされてきましたが、最近ではちゃんと摂ったほうががいいという説も出てきましたし、水についても、たくさん摂るほうがいいと言う医師もいれば、摂りすぎは良くないと言う医師もいる……。

ほとんどの健康情報に、対立する説があるのではないでしょうか。専門家の意見を聞けば安心と思っていたのに、専門家がそれぞれ対立する説を推奨してきたら、私たちはどうしたらいいのか。戸惑いとともに憤《いきどお》りさえ感じます。

結局、自分が何を選ぶのかということでしょう。情報に右往左往しない覚悟が必要です。その時に最も耳を傾けるべきなのは、自らの「情《こころ》」、つまり「身体語」です。周りの人が全員いいと言っても、自分の体がいいと言わないのであれば、勇気を持ってやめるほうがいいかもしれないですし、逆に、周りの人にとめられても、自分の体がいいと言えば、続けてみてもいいのかもしれません。

ここ数十年、健康情報の移り変わりをずいぶんと見てきましたが、今日悪いと言われていても、明日いいことに変わるなどは、よくあることです。結局、健康について何がいいかは、誰にもわからないのではないかと思います。

そう考えたら、健康情報は深刻に受けとめず、楽しむくらいがいい。試してみて反応が良ければ、「まあいいか、続けてみよう」というくらいのスタンスがちょうどいいのではないでしょうか。

健康情報は、深刻に受けとめすぎない。

健康情報は何でもあり。
真《ま》に受けすぎないようにしましょう。

うらやましい死に方について考える

一九九九年——今からちょうど二十年前になりますが、『文藝春秋』誌上で「うらやましい死に方」を募集したことがあります。

当時は、死を語ることが憚《はばか》られるような空気もあり、いったいどれほどの読者が反応してくれるかとやきもきしたのですが、予想を大きく上回って八百四通もの応募がありました。胸に迫る文章がたくさん寄せられ、その内容はもちろん、そんなふうに寄せられた皆さんの思いにも感激したことを覚えています。

そして二〇一三年に、再び同じ募集をしました。二十一世紀に入り、超高齢化社会がいよいよ現実となりつつあることを痛感し、皆さんの死生観《しせいかん》も変わっているだろうと想像していました。二〇一一年には東日本大震災で、多くの命が失われました。二年が経《た》ち、都会に住む人々のあいだであの時のことが風化してやしないかという危機感も、この募集を呼びかける一つの動機になったとも言えます。

この二つの募集は十四年間の隔《へだ》たりがありますが、大きな変化を感じました。第一回目の「うらやましい死に方」ではドラマティックに思われる死に方が多くあったのですが、第二回目は淡々とごく自然な死に方が多かったのです。これを見て、死に対する日本人の意識が相当に変わってきたように思いました。

一九九九年、死は特別なことだったように思います。だから、寄せられた文章に描かれる死も、劇的な死でした。しかし二〇一三年では、死を自然現象としてとらえているような感じがありました。

例えば、第一回目では、死んでいこうとする時、枕もとの家族を一喝《いっかつ》して死ぬような人もいたのです。しかし、第二回目では、口を動かさずに何か言っているので「『ありがとう』と言っているの？」と聞いたら微笑んだ、絵を描いたことのないおじいさんが初めてスケッチをして亡くなった……、そのように劇的でも、荘厳でもない、しかし何かしみじみと胸が熱くなるようなレポートが多かった。「ドラマティック・エンディングから、ナチュラル・エンディングへ」というのが、その時の変化だったと思います。

第二回目の翌年、『完本　うらやましい死に方』として、その二回分の投稿からセレクトして、一冊の本にまとめてもらいましたが、私はその中に、「ひとりで去るのも悪くない」というセクションをつくりました。この頃、すでに孤独死の問題が語られていたのですが、様々なメディアが孤独であることを、悲惨な面ばかり強調する記事や番組をつくることに、何か憮然《ぶぜん》とした気持ちだったのです。

もちろん社会問題としての側面はあります。孤独死によって起こる現実的な問題があることはわかるのですが、それにしても、何か抜け落ちているような気がしてならなかった。だからこそあえて「悪くない」という言葉を入れたのです。

応募数から見ても、数は多くなかったのですが、凜《りん》とした感動がありました。

今後は、むしろこういった状況の死のほうが増えるのは間違いない。そういった意味でも、一つの生きざまとして掲載したかったのです。

ある男性は独身でした。まだ六十歳前後でしたが、腸閉塞《ちょうへいそく》で入院した時には、余命二週間と診断されました。余命を知った男性は、病院を抜け出して酒宴を開き、友人たちに別れを告げ、その翌日にただひとりの肉親である姉、そして十代からの友人たちに見送られて亡くなったんだそうです。

投稿してくださったのは、男性を見送った友人のひとりでした。亡くなる半日前、集中治療室で側に付き添った。その時のことを少し抜粋《ばっすい》してご紹介します。

《そして、集中治療室を出ることになった時、激痛に襲われ血圧も大きく低下している中で、井上君は「世話になった、これで最後だ」と力強く言い、一人一人の手を強く握りしめ、別れを告げました。立派な最後でした。部屋を出た後、私たちは廊下でしばらく声をだして泣いていました》

この男性は孤独ではない、と言う人はいるでしょう。友人もお姉さんも、最後まで彼を思い、見送りました。そういう意味では孤独ではない。しかし、やはり孤独なのではないか。

「犀《さい》の角《つの》のようにただ独り歩め」という仏陀《ぶつだ》の言葉があります。犀の角が一つしかないように、他者からの毀誉褒貶《きよほうへん》に煩《わずら》わされることなく、独り、自分を信じて暮らしなさいといった意味ですが、このエピソードを読むと、そのような覚悟のある「独立した人」の姿を見る気がします。そこにある孤独は、哀れとか、気の毒とか、そういう次元ではない見事さがある。

これからはきっと彼のような状況の人も増えていくでしょう。このようなエピソードを知ることは、きっと多くの人の支えになるのではないかと思います。

ぜひ一度、自分にとって「うらやましい死に方」とは何かを考えてみてください。この本を読んでいただくのでも、友人や家族とそんな話をするのでもいいでしょう。ゴール地点で自分がどう在《あ》りたいかを想像することは、生きるうえでとても意味のあることだと思います。

自分らしく歩んだ先には、自分らしいゴールがある。

どんな状況でも、独立したひとりの人間として精いっぱい生きて、去っていきましょう。

実は「死の覚悟」はできていない

「死について考えた方がいい」と言い続けてもう何十年と経つのですが、私自身どこまで死に対してリアリティを持っているかとなると、少々疑問があります。実のところ、「死の覚悟」ができているかと言えば、はなはだあやしい。

死というものが、いったい何であるのか。

そのような問いかけは、絶えずしてきましたし、自分なりの物語を紡《つむ》いでもいます。そういう意味では、思いつく限りの準備とシミュレーションはしてきているると言っていいと思います。しかし、「死の覚悟」が本当にできているかは、正直言って、よくわからないのです。

兼好《けんこう》法師が、『徒然草《つれづれぐさ》』で、「死は前よりしも来《きた》らず、かねて後《うしろ》に迫れり」と言っていますが、けだし名言です。死というものは、向こうから見えるようには近づいてこない。前から徐々に近づいてくるものではなく、背後からポンと肩を叩《たた》かれるように、不意に顕《あらわ》れるものということでしょう。

私の年齢は、すでにこの国の平均寿命を超えています。明日死んでも、今日死んでもおかしくない。このところ同世代の人たちも、次々と世を去っています。戦後を生きた世代は、ほとんど絶滅危惧種です。にもかかわらず、自分が死ぬという実感がないというのは、どういうわけか。

つくづく、人間とは愚かなものです。おそらくその時が来る瞬間まで、自分が消滅することなど、本気では考えられないのでしょう。

そんなふうに考えていると、仏陀が死後について語らなかったというのは、実に真実味があると思います。私自身が仏陀の寿命を超えて生きている。友人たちが先に逝《い》った今、死がこれほど身近に佇《たたず》んでいるとわかっていても、「わからない」としか言いようがないのです。若い頃と比べたいものは、やはりわからない」としか言いようがないのです。

ら、死は近くにあるのだろうか。そう考えても、さして近くにはない気がします。同じくらい近くて遠い。

もしも明日死んだらどうするのでしょう。そうなった時のことをちゃんと考えているのか自問すると改めて驚きます。本当に何も考えていないのです。

もし明日死ぬとしたら、と考えるとふと思い浮かぶのは、仕事部屋に積み重なった自分の原稿です。私は手書きで原稿を書いているのですが、あれこそは人に見られたくない最たるもの。自分でも呆れるほどの乱雑ぶりで、恥ずかしいのです。昔はシュレッダーにかけていましたが、今は面倒になって、仕事部屋の隅にほったらかしています。それを考えるだけで、少し暗い気持ちになってしまう。

もっと真面目《まじめ》に自分の死を考えなくては――そう独り言《ひとりごと》ちつつ、頭を抱える。そしてあいも変わらず何もできないまま、また仕事部屋の扉をそっと閉めて、そそくさと打ち合わせ場所へと向かうのです。

死は前よりしも来らず、かねて後に迫れり。

「死の準備」はできても、「死の覚悟」は別問題かもしれません。

わが計《はか》らいにあらず

日々迫ってくる締切にうんざりしながら、夜のしじまにふと、自分が生きていることが、実に不思議だと思うことがあります。暗い気持ちでそう思うのではないのです。とはいえ、喜びでもない。もっと単純に、感心して思わず溢れ出た溜息のようなものと言ったらいいか……。

私が少年だった頃、自分は二十歳《はたち》ぐらいで戦死するだろうと考えていましたから、こんなに長くこの世に在ることになろうとは、想像だにしませんでした。

終戦を迎え、軍国少年の夢から覚めた後は、先のことなど考える間もないほど、その時を生きるだけで精いっぱいでした。しかし母は四十一歳、父は五十五歳で逝きましたから、そのぐらいが自分の寿命だろうと何とはなしに考えていました。

ところが、軽々と母を超え、父を超えた――「軽々と」と言ってしまうと、少々自分が気の毒かもしれません。四十代から五十代にかけては、いつもぎりぎりで生きていました。体のどこかしらに問題を抱え、ともすると絶望の淵《ふち》に漂ってしまう弱いこころをどうにか保ちながら、生き延びたのです。

「他力」という言葉が、しきりに身近に感じられるようになったのは、その頃だったと思います。歩かなくてはならないのに、腰痛で一歩も歩けなくなった時も、頭痛で何日も眠れずに、苦しみのあまり絶望した時も、何かそういうものがあるような気がして、思いとどまるものがあった。どんなに願ってもどうにもならないことが、まるでふっと軛《くびき》を外《はず》されたように動きだす時に、私はどうしても大いなるもの、つまり「他力」を感じずにはいられなかったのです。

「他力」と聞くと、一般的には「他人任せ」「無責任」といった意味を思い浮かべるかもしれませんが、本来の意味は違います。「他力」とは、もともと仏教の言葉で「他力本願《ほんがん》」と言います。他力本願は、「他力、すなわち本願」という意味で、「阿弥陀如来《あみだにょらい》が悟りを開く時に立てた一切の人を救うという本願（誓い）」によって救われることを意味しています。

この「本願力」、つまり「他力」は、自分の力ではどうにもならないような時、船の帆を揺《ゆ》らしてくれる風のように、さっと吹いてくれるもの。いつ吹いてくれるかもわからない。しかし吹くべき時に吹いてくれる、大いなるもの。そうしたある種のエネルギーとして、私はとらえているのです。

夜のしじまに、私のこころをふと揺さぶるのは、そんな「他力」から吹く風の気配なのかもしれない。

「わが計らいにあらず」。浄土真宗《じょうどしんしゅう》の宗祖、親鸞《しんらん》の言葉ですが、いつも私の頭に響いて、消えません。この言葉には、「向こうからやってくる力」の気配がある。「新しい世界」にも、他力の気配を感じます。この新しい世界で、私は何が正解なのかと悩みつつも、必死に生きて、その時を迎えるのでしょう。なるようにしかならない。しかし、自《おの》ずとなるべきようになるだろうと思います。

自ずと
なるべきようになる。

私たちはひとり生きている。
そして、大いなるものとともにある。

装丁――片岡忠彦
イラスト――山口みれい
本文デザイン――本澤博子
構成・編集協力――武藤郁子

〈著者紹介〉

五木寛之（いつき　ひろゆき）

1932年（昭和７年）福岡県生まれ。平壌で終戦を体験し、47年引き揚げ。早稲田大学中退後、66年『さらばモスクワ愚連隊』で小説現代新人賞、67年『蒼ざめた馬を見よ』で直木賞、76年『青春の門』他で吉川英治文学賞、2002年菊池寛賞受賞。

主な著書に『朱鷺の墓』『戒厳令の夜』『生きるヒント』『蓮如』『他力』『大河の一滴』など多数。近刊に『自分という奇蹟』『ただ生きていく、それだけで素晴らしい』『無意味な人生など、ひとつもない』『あなたの人生を、誰かと比べなくていい』『孤独のすすめ』『健康という病』『百歳人生を生きるヒント』『マサカの時代』『人生百年時代の「こころ」と「体」の整え方』『白秋期』などがある。

2010年長編小説『親鸞』で毎日出版文化賞特別賞。その後、『親鸞【激動篇】』『親鸞【完結篇】』と書き継がれ14年に完結、著者のライフワークの一つとなった。

迷いながら生きていく

2019年10月14日　第１版第１刷発行

著　　者　五木寛之
発 行 者　後藤淳一
発 行 所　株式会社ＰＨＰ研究所
東京本部　〒135-8137　江東区豊洲5-6-52
第四制作部人生教養課　☎03-3520-9614（編集）
普及部　☎03-3520-9630（販売）
京都本部　〒601-8411　京都市南区西九条北ノ内町11
PHP INTERFACE　https://www.php.co.jp/
組　　版　株式会社ＰＨＰエディターズ・グループ
印 刷 所　株式会社精興社
製 本 所　東京美術紙工協業組合

ISBN978-4-569-84325-4